# 하얀
# 까마귀

**하얀 까마귀** – SF가 우릴 지켜줄 거야 3
© 박지안, 2020. Printed in Seoul, Korea

**초판 1쇄 찍은날** 2020년 7월 17일
**초판 1쇄 펴낸날** 2020년 7월 27일

| | |
|---|---|
| **지은이** | 박지안 |
| **펴낸이** | 한성봉 |
| **편집** | 조유나·하명성·이동현·최창문·김학제·신소윤·조연주 |
| **콘텐츠제작** | 안상준 |
| **디자인** | 전혜진·김현중 |
| **마케팅** | 박신용·오주형·강은혜·박민지 |
| **경영지원** | 국지연·지성실 |
| **펴낸곳** | 허블 |
| **등록** | 2017년 4월 24일 제2017-000050호 |
| **주소** | 서울시 중구 소파로 131 [남산동 3가 34-5] |
| **페이스북** | www.facebook.com/dongasiabooks |
| **인스타그램** | www.instargram.com/dongasiabook |
| **트위터** | www.twitter.com/in_hubble |
| **전자우편** | dongasiabook@naver.com |
| **블로그** | blog.naver.com/dongasiabook |
| **전화** | 02) 757-9724, 5 |
| **팩스** | 02) 757-9726 |
| **ISBN** | 979-11-90090-21-6  04810 |
| | 979-11-90090-18-6  04810(세트) |

이 도서의 국립중앙도서관 출판예정도서목록(CIP)은
서지정보유통지원시스템 홈페이지(http://seoji.nl.go.kr)와
국가자료공동목록시스템(http://www.nl.go.kr/kolisnet)에서
이용하실 수 있습니다.(CIP제어번호: CIP2020029577)

※ 허블은 동아시아 출판사의 과학문학 브랜드입니다.

**만든 사람들**

| | |
|---|---|
| **편집** | 조유나·김잔섭 |
| **크로스교열** | 안상준 |
| **디자인** | 김현중 |

SF가 우릴 지켜줄 거야 3

# 하얀
# 까마귀

### 박지안 소설

허블

# 차례

하얀 까마귀 • 7

작가의 말 • 125

게임 BJ 주노, 18일 WGN 개국 1주년 특집

VR(가상현실) 게임 24시간 생방송 진행해

기사 입력 20XX-08-01 10:24


    온라인 게임 채널 WGN(월드게임네트워크)은 이달 18일 개국 1주년을 맞아 VR(가상현실) 게임 24시간 생방송 특집을 마련했다고 알렸다.

    특히 이번 방송은 플레이 시작 24시간 안에 엔딩 미션을 완수해야 한다는 콘셉트로 방영 전부터 시청자들의 화제를 모았다.

18일 오후 11시에 편성된 인기 호러 게임 '인사이드 오브 마인드 2'—이하 IOM 2—를 플레이할 인기 BJ(Broadcasting Jacky) 주노(26)는 개인 사이트 구독자 80만 명을 보유한 스타급 방송인이다.

그러나 BJ 주노는 지난 7월 초부터 각종 커뮤니티 사이트에서 신상과 과거를 조작했다는 의혹을 받고 있어 방송 관계자들로부터 우려의 목소리가 나오고 있다.

BJ 주노는 이번 특집에 임하며 "제가 진행할 게임 'IOM 2'는 유저의 심층 심리를 파고들어 공포의 근원을 건드리는 '사이코호러(psycho-horror)' 게임"이라며, "이 방송을 통해 그동안 자신을 괴롭혀온 과거 조작 논란을 말끔히 해소하겠다"라고 밝혔다.

WGN 개국 특집은 온라인을 통해 전 세계로 생중계되며, 이후 WGN 공식 홈페이지(http://worldgamenetwork.com)를 통해 미방영분이 공개될 예정이다.

1.

"BJ 주노 씨. 방송 규칙은 간단해요."

출연자 대기실에 들어온 PD가 주노에게 당부했다.

"주노 씨가 게임 속으로 들어가면 시청자들은 실시간 플레이를 시청하게 될 겁니다. 게임 중간중간 진행이 막힐 경우, 제작진 측에서 원활한 진행을 위해 다소의 힌트를 제공할 수 있습니다. 또 주노 씨가 게임 도중 신체적, 정신적 상해를 입었을 경우엔 안전을 위해 방송이 중단될 수도 있습니다. 하지만 그럴 경우 주노 씨가 계약서에 서명한 바처럼 출연료는 지급되지 않습니다. 더 질문 있으신가요?"

소파에 앉은 주노는 PD와 눈을 마주치지 못하고 손끝만 내려다보았다. 그녀의 대답을 기다리던 PD는 들고 있던 펜으로 목덜미를 긁었다. 잠시 어색한 침묵이 지나간 뒤 주노는 겨우 입을 열었다.

"저… 게임 도중 시청자 반응을 보는 방법은 없나요? 게임이 도중에 막히면 시청자들에게 공략, 아니 도움을 요청한다든가… 전 늘 그렇게 방송해왔거든요. 채팅으로 소통하면서….”

그러자 PD는 만면에 미소를 지으며 대답했다.

“네, 무슨 말씀이신지 잘 압니다. 이번 방송 콘셉트가 평소 주노 씨의 진행 스타일과 좀 다르긴 하죠. 그렇지만 IOM 2는 출시된 지 하루도 되지 않은 신작 게임이니 시청자 공략이 그렇게 큰 도움은 되지 않을 겁니다. 출연자가 외부의 도움을 얻으면 방송의 재미도 반감될 거고요. 주노 씨도 방송 베테랑이니까 충분히 이해할 수 있죠?”

‘그러니까 어째서 그런 중요한 이야기를 방송 시작 전에야 설명하는 건데?’

주노는 PD에게 따지고 싶은 것을 꾹 눌러 참으며 애꿎은 원피스 치맛자락만 쥐어짰다. 주노의 침묵을 긍정으로 받아들인 PD는 다시 다정한 옆집 아저씨의 얼굴로 그녀를 설득하기 시작했다.

“게다가 이번 게임은 플레이어의 뇌파를 분석해서 개인별 심리상태에 맞춘 가상현실을 만들어내는 게 특징이잖아요? 요즘 시청자들은 출연자의 과거나 트라우마를 낱낱이 파헤치는 데서 재미를 얻거든요.

안 그래도 주노 씨는 최근 과거 문제로 구설에 오르기도 했으니, 이번 방송을 통해 시청자들에게 동정표를 따내시면…."

"제 얘기는 진짜예요."

이번에는 주노가 PD의 말을 거칠게 끊었다.

"거짓말 아니에요. 인터넷에 올라와 있는 제 과거는 전부 사실이에요."

그녀의 급작스러운 반응에 PD는 잠시 당황했지만, 이내 너털웃음을 터뜨렸다.

"미안해요. 내가 우리 주노 씨 심통 난 걸 잠시 잊고 있었네. 물론 나야 주노 씨를 믿지. 그러니까 위에서 논란 어쩌고 하면서 주노 씨 캐스팅을 반대할 때도 내가 다 막아준 거 아니겠어? 우리 주노가 예쁘고 인기 있으니까 루머도 퍼지는 거지. 막말로 인기 없는 무명이었으면 이런 논란이 있었겠냐고."

PD는 갑자기 말을 놓으며 그녀의 어깨를 툭 쳤다. 주노는 순간 기분이 나빠졌지만 중년 남성다운 너스레라 치부하며 애써 넘겼다.

"정 온라인 반응이 궁금하면 스마트워치를 통해

시청자 반응을 전송해줄게요."

"네, 알겠어요."

"주노 씨, 소문 같은 거 신경 쓰지 말고 오늘 방송만 대박 터뜨려주세요. 그럼 자연스럽게 시청자들의 여론도 좋아질 겁니다. 아시겠죠?"

PD는 주먹을 불끈 쥐며 '대박'이라는 단어를 거듭 강조했다.

"BJ 주노 씨. 출연 15분 전입니다. 대기 부탁드립니다."

마침 대기실로 들어온 방송작가가 그녀에게 말했다. 주노가 엉거주춤 소파에서 엉덩이를 떼자 PD와 작가는 뒤도 안 돌아보고 나가버렸다. 자기 할 일은 다 끝났다는 거겠지. 주노는 손에 들고 있던 대본을 세게 쥐었다. PD의 살집 많은 얼굴에 대본을 던져버리고 방송을 때려치운다면 얼마나 속이 시원할까. 내게 그럴 만한 인기만 있다면! 하지만 그녀는 자신이 그러지 못할 거라는 것을 잘 알고 있었다.

대기실을 나가기 전 그녀는 급히 파우더를 꺼내 얼굴에 찍어 발랐다. 그새 땀이 났는지 분이 약간 지

워져 있었다. 거울에 비친 피부가 가뭄철 논밭처럼 쩍쩍 갈라져 있었다. 누렇게 뜬 얼굴빛과 건조한 피부를 가리기 위해 값비싼 수분크림에 좋다는 파운데이션은 모두 써봤지만 효과는 거의 없었다. 주노는 스타일리스트도 없이 홀로 악전고투해야 하는 자신의 처지가 죽도록 한심하기만 했다. 얼굴을 두들기듯이 분을 바르던 그녀는 날카로운 소리를 지르며 들고 있던 파우더를 집어 던졌다. 파우더 뚜껑 안에 붙어 있는 거울이 산산조각 나며 바닥에 흩어졌다. 주노는 눈물을 집어삼키며 밖으로 나갔다.

출연을 기다리며 스튜디오 뒤에 서 있던 그녀의 눈에 방청객들의 모습이 보였다. 대부분이 방송 진행을 맡은 유명 보이그룹 아이돌의 팬이었지만, 그렇지 않은 이들도 있었다. 방청객 좌석에 앉지도 못하고 구석에 선 채로 피켓을 들고 있는 BJ 주노의 팬들처럼. 대여섯 남짓한 팬들은 'Juno 여신님♡', '사랑해요. BJ 주노!'라고 쓰인 피켓 문구를 들고 있었는데, 그것은 아이돌 팬들이 들고 온 현수막에 비해 애처로울 만큼 초라해 보였다.

주노의 등 뒤에서 남녀 스태프들이 수군대는 소리가 들려왔다.

"저기 좀 봐. 주노한테 아직도 팬이 남아 있었네?"

"그러게. 과거 조작 논란 다음부터 팬들이 우수수 떨어졌다고 들었는데."

주노가 그들을 노려보자 스태프들은 시선을 피하며 자리를 떠났다. 주노는 네일아트를 받은 핑크색 손톱을 뽑아낼 듯이 매만졌다. 그녀는 흔적이 남지 않을 정도로 물어뜯은 손톱에 수십만 원을 들여 연장 시술을 받은 적이 있었다. 아직 게임은 시작도 하지 않았는데 벌써 자리를 박차고 떠나고 싶은 심정이었다.

하지만 그렇게 하면 인터넷 방송 복귀는 물 건너가버릴 것이다.

거짓말 따윈 한 번도 하지 않았는데도.

물론 지금까지 인터넷 방송을 해오면서 시청자들에게 한 점 부끄러움 없이 진실만을 말했다고 맹세할 수는 없었다. 시청자들의 호응을 이끌어내기 위해 평범한 사연을 우습게 부풀리거나, 이야기의 지루함을 덜기 위해 재밌는 부분만 골라 말한 적도 있었다. 그러나 그게 뭐 어쨌단 말인가. 이야기에 다소 과장과 축소를 했다 해서 조작 논란에 시달려야 한다면, 지금 스튜디오에 서 있는 방송인들 가운데 털어서 먼지 안 날 사람은 없을 것이다. 게다가 그녀는 시청자들에게 최대한 솔직한 모습을 터놓기 위해 학창 시절 왕따를 당한 경험을 털어놓기도 했다.

초등학교 시절부터 반복되어온 지독한 왕따 생활. 설상가상으로 고등학교 2학년 때 겪은 절친한 친구의 자살과 그로 인한 자퇴. 대학 진학 실패. 우울증을 극복하기 위해 시작한 인터넷 방송. 그리스 신화에 나오는 혜라(Hera) 여신의 또 다른 이름인 주노(Juno). 그녀의 닉네임을 지어준 사람이 다름 아닌 자살한 친구라는 대목에서 채팅창의 분위기는 숙연해졌다. 시청자들은 그녀의 사연에 깊이 공감했고 제각기 가정과 학교, 사회에서 받은 정신적 상처에 대해 이야기했다. 수천 명이 모인 채팅창은 순식간에 정신과클리닉에서 주관하는 집단치료 현장이 되었다. 그날 방송 내용이 온라인 커뮤니티 사이트에 널리 퍼지면서, BJ 주노는 어려운 과거를 극복하고 자수성가한 방송인의 대명사가 되었다.

그런데 얼마 전 주노에게 조작 논란이 덧씌워지면서, 사실은 친구의 자살 이야기마저 거짓말이 아니냐는 억지 주장이 쏟아져 나오기 시작했다.

이럴 줄 알았다면 방송에서 과거 따위 털어놓지 않았을 것이다. 사람들이 듣기 좋게 예쁘고 좋은 이야기만 포장해서 내놓을걸 그랬다. '진짜' 연예인들의 이미지 메이킹처럼 말이다.

주노가 초조해하는 동안 세 명의 기술자들이 공구와 점검 기기를 들고 그녀 옆을 스쳐 지나갔다. 기술자들은 스튜디오에 설치된 가상현실 게임 기기를 향해 달려갔다. 주노는 궁금함을 이기지 못하고 그들의 모습을 관찰했다.

세계 굴지의 게임기 개발 회사에서 얼마 전 출시된 가상현실 게임기는 비행기 일등석과 비슷한 모습을 하고 있었다. 침대는 성인 한 명이 길게 다리를 뻗고 누울 수 있을 만큼 널찍했고, 게임을 장시간 플레이해도 피로하지 않도록 인체공학적으로 디자인되었다. 게임 시작 전 플레이어는 VR 헤드기어를 쓰고 뇌파를 게임기에 연결하는 과정을 거친다. 헤드기어는 머리 전체를 감싸는 헬멧 모양으로 시각과 청각이 완전히 차단되는 것이 특징이다. 헤드기어 내부에서 발생되는 특수한 전자신호는 끊임없이 플레이어의 뇌를 자극하여 게임 속 오감을 구현한다. 특히 게임기와 헤드기어가 서로 주고받는 강력한 신호는 뇌를 거쳐 연수에까지 전달되기 때문에 플레이어의 신체적 움직임 하나하나를 재현해낼 수 있다. 이렇게 만들어진 플레이어의 정신세계는 스튜디오 전면에 있는 거대한 화면에 고화질로 상영될 예정이었다.

기술자들은 게임기에 점검용 노트북을 연결해 주파수를 확인하는 등 매우 다급하게 움직이고 있었다. 주노는 휴대폰 시계를 들여다보았다. 생방송 시작까지 5분밖에 남지 않은 시각이었다. 기술자들이 언제쯤 점검을 마칠지 궁금해진 그녀는 급한 걸음으로 스튜디오를 빠져나오는 남자 스태프를 붙잡았다.

"저분들은 왜 지금 점검을 하는 거죠? 방송 시작이 얼마 안 남았잖아요?"

스태프는 모자를 벗어 땀에 전 이마를 닦았다.

"글쎄요. 스튜디오 화면과 게임 캡슐 연결에 조금 오류가 생겼다는데요. 금방 해결될 테니 걱정하실 필요는 없습니다."

"정말로 안전에는 문제없는 거죠?"

"물론이죠."

스태프는 그렇게만 말하고 급하게 사라졌다. 그의 말대로 기술자들은 금세 점검을 마치고 스튜디오 밖으로 나갔다. 스태프들의 분주한 움직임과 함께 생방송 진행을 맡은 아이돌과 게임 전문 해설자가 스튜디오 가운데로 나갔다. 주노는 갑자기 목이 타들어가는 갈증을 느꼈다. 그러나 주변에 있는 음료수들은 전부 설탕 주스뿐이었다. 40킬로그램의 체중을 지키기 위해서는 목이 말라 죽는 한이 있어도 저런 설탕물을 마실 수는 없었다.

"스탠바이, 큐!"

생방송이 시작되었다.

MC들의 인사와 특집 방송 소개가 이어지고, 다음으로 BJ 주노를 호명하는 소리가 들려왔다. 주노는 땀이 축축하게 배어 나온 손바닥을 황급히 원피스 자락에 문질러 닦은 뒤 스포트라이트가 비추는 스튜디오로 걸어 나갔다.

"시청자 여러분 안녕하세요. BJ 주노입니다. WGN 개국 1주년 진심으로 축하드리고요. 오늘 제가 플레이하는 IOM 2 실황 많은 시청 부탁드려요!"

주노는 카메라를 향해 환히 웃어 보이며 판에 박힌 인사말을 했다. 그러고 나서 아이돌과 눈을 맞춘 다음 미소를 지었다. 며칠 전 사전회의에서 만난 아이돌은 주노를 보자마자 실망한 기색을 감추지 못했다.

"주노 씨는 카메라 발을 참 잘 받으시는 것 같아요."

그녀의 작은 키와 푸석한 피부, 치마 아래로 뼈가 툭 튀어나온 무릎을 보고 하는 말이 분명했다. 주노는 속으로 이를 갈면서도 겉으로는 변변한 대답조차

하지 못했다. 같은 방송인 사이에도 분명 계급이 존재한다. 인기 가도를 달리고 있는 남자 아이돌과 비교하면 추락 중인 인터넷 방송인에 불과한 그녀는 엄연히 급이 떨어지는 존재다.

"그럼 김성호 해설자님, 오늘 주노 씨가 플레이하게 될 게임에 대해 간단하게 소개 말씀 부탁드립니다."

아이돌이 게임 전문 해설자에게 순서를 넘겼다. 게임 해설자는 두꺼운 뿔테 안경을 밀어 올리며 미리 준비해 온 자료를 슬쩍 훑어보았다.

"네. 오늘의 게임은 가상현실 게임계의 혁명이라 불리는 작품이죠. '인사이드 오브 마인드 2', 통칭 IOM 2입니다! 전편이 출시되고 5년의 기다림 끝에 드디어 공개된 IOM 2의 모습, 화면으로 함께 보시죠."

해설자의 매끈한 진행과 함께 스튜디오 조명이 일제히 꺼졌다. IOM 2 데모 판을 플레이하는 세계 각국 유저들과 게임 개발자들의 인터뷰 장면이 흘러갔다. 그중 단연 백미는 산속을 탐사하다가 거미와 지

네가 가득 차 있는 함정에 빠진 캐나다 유저의 모습이었다. 체구가 크고 턱수염까지 기른 외국인 장정이 혼비백산하며 울음을 터뜨리는 모습에 방청객들은 웃음을 참지 못했다. 게임을 마치고 현실로 돌아온 캐나다인 유저는 헤드셋을 벗고는 양손으로 머리를 감싸 쥐었다.

"아무한테도 말한 적 없어요. 내가 거미를 무서워하는 걸 아무도 모르는데. 이 게임이 어떻게 알고 거미 괴물을 만들어냈는지 정말 모르겠어요."

유저는 정신 나간 사람처럼 중얼거렸다. 그의 말이 끝나자 해설자의 설명이 이어졌다.

"이것이 바로 IOM 2의 획기적인 시스템입니다. 일정한 시나리오가 존재했던 기존 공포 게임과 달리, IOM 2는 유저 맞춤형 공포의 신기원을 창조해냈죠. 인간의 기억을 관장하는 뇌의 측두엽을 직접 자극하여 유저들의 무의식적 공포를 게임 속 괴물의 모습으로 형상화하는 것입니다."

"게임 장면을 보기만 해도 떨리는데요. 전 어렸을 때부터 개를 무서워했는데, 만일 제가 IOM 2를 플레이한다면 개가 마구 쏟아져 나온다는 거 아니에요? 만약 저라면 1분 만에 울면서 게임 포기를 선언할 겁니다."

아이돌이 짐짓 어깨를 떨며 말하자 방청객 사이에 섞인 팬들이 왁자하게 웃음을 터뜨렸다. 주노는 아까부터 아이돌이 진행할 때만 호의적인 반응을 보이는 그들의 모습이 가증스러워 견딜 수 없었다.

"주노 씨. 만약 주노 씨가 게임 속에 들어간다면 어떤 모습의 괴물이 등장할 거라고 예상하세요?"

아이돌이 물어 왔다. 드디어 발언권을 얻은 그녀는 카메라를 향해 경련이 일 정도로 입꼬리를 당겨 올렸다.

"글쎄요. 제가 워낙 겁이 없는 성격이라서… 그리고 전 개나 고양이를 좋아하는 편이라 그런 모습의 괴물이 나올 것 같지는 않아요."

"그러고 보니 주노 씨는 얼마 전 유기견과 유기묘 입양을 확산하기 위해 캠페인을 벌이기도 하셨죠? 댁에는 강아지와 고양이가 몇 마리 정도 있으신가요?"

"전부 합해서 열 마리 있어요."

"헉, 그렇게나 많아요?"

"이것도 줄이고 줄인 거예요. 제가 데리고 있는 동물들은 심하게 다치거나 장애가 있어서 분양이 어려운 아이들이거든요. 힘들긴 하지만 저만 믿고 있는 애들을 다른 곳으로 보내고 싶지는 않아요."

"정말 좋은 일을 하고 계시네요."

"그런데 요즘 병을 앓던 몇 마리가 한꺼번에 하늘나라로 떠나서… 애들한테 너무 미안해요. 모두 내 잘못인 것만 같아서…!"

주노의 눈가에 갑자기 눈물이 고이자 아이돌이 당황하며 손수건을 건네주었다. PD는 난처해하면서도 주노의 얼굴을 한껏 클로즈업하라고 지시했다. 기르던 반려동물의 죽음에 눈물을 흘리는 방송인의 모습은 시청자에게 호감을 불러일으키기 충분하다. 그 증거로 주노를 바라보는 방청객들의 시선에 호의가 섞이기 시작했다.

하지만 이것만으로 그녀를 향한 대중의 의심이 꺾였다고 보기는 어렵다. 오늘 방송을 성공적으로 마무리 지어야만 시청자의 여론을 바꿀 수 있을 것이다.

약 10분 정도 후, 그녀는 화면을 바라보는 자세로 침대에 누워 있었다. 카메라맨은 그녀의 얼굴을 근접 촬영하고 있었다. 아이돌은 주노에게 마이크를 들이댔다.

"주노 씨, 지금 기분이 어떠세요?"

"네, 정말 떨리고 긴장돼요. 저 게임하다 무서워서 기절하면 어쩌죠?"

"걱정하지 마세요, 주노 씨. 주노 씨가 기절하면 제가 게임 속으로 구하러 들어갈게요."

그의 로맨틱한 대사에 방청객들이 비명을 질러댔다. 반면 스마트워치에 떠오르기 시작한 시청자들의 반응은 그리 녹록하지 않았다.

ㄴ저놈 미쳤네. 주노같이 못생긴 여자를 왜 구하러 감?

ㄴ딱 봐도 멘트에 영혼이 없다. 오글거려 죽겠네.

ㄴ고작 누워서 게임만 하는데 기절은 무슨. 가상현실도 조작하는 주노주작!

주노의 이름과 거짓말을 뜻하는 주작(做作)이라

는 단어를 합성한 '주노주작'이란 단어가 채팅창을 가득 메웠다.

　ㄴ여기 악플러들이 왜 이렇게 많은지…. 주노 님 힘내세요. 응원할게요.

　ㄴ저는 언니 믿어요. 오늘 방송 끝까지 볼게요.

　ㄴBJ 주노 님 욕하는 놈들 전부 신고 버튼 눌렀습니다. 주노 님 사랑합니다!

주노는 팬들의 댓글을 망막에 아로새길 것처럼 읽고 또 읽었다. 한때 인터넷 게시판에는 그녀의 청순한 외모와 깔끔한 방송 진행을 찬양하는 글로 도배된 적이 있었다. 그녀는 그 글들을 모두 화면째로 캡처한 다음 컴퓨터에 저장해놓았다. 조작 논란이 일어난 뒤, 그녀는 저장해놓은 댓글들을 읽으면서 스스로를 위로했다. 당신을 믿는다는 말, 사랑한다는 말은 마음속 창고에 아무리 가득 채워도 뒤돌아서면 바람에 흩어져버리는 모래더미와도 같았다. 주노는 매일같이 빗자루와 쓰레받기를 들고 나가 사람들의 칭찬과 위로를 쓸어 담는 청소부나 다름없었다.

스튜디오 조명이 꺼지고 전광판에 게임 시작 화면

이 떠올랐다. 여성 방청객들은 음산한 배경음악 뒤로 소용돌이 치는 검은 화면을 보고 새된 비명을 질러댔다. 아직 무서운 장면은 나오지도 않았는데 이 정도라면, 게임 진행 중에는 얼마나 호들갑스럽게 소리를 질러댈지 짐작도 가지 않았다.

"자, BJ 주노 씨! 준비되셨으면 시작 버튼을 눌러 주세요!"

아이돌이 외치자 주노는 안경을 쓰고 화면을 노려보았다. 시작 화면은 누군가 타르 구덩이 속에 막대기를 넣고 휘젓는 것처럼 쉼 없이 소용돌이치고 있었다.

그녀는 화면 시작 지점에 집중했다. 그러자 "Inside Of Mind 2"라고 쓰여 있던 제목 글자가 제멋대로 떨어져 나가더니 순식간에 한글로 조합되었다.

과거를 기억 못 하는 이들은 과거를 반복한다.
-조지 산타야나(George Santayana)

주노는 오른손에 쥐고 있던 조작기의 버튼을 눌

렸다.

그러자 안경 앞이 부옇게 흐려지더니, 눈앞에 스테인드글라스를 펼쳐놓은 것 같은 만화경 세상이 펼쳐졌다. 수면제를 삼킨 것처럼 의식이 몽롱해지며 전신의 근육이 축 늘어졌다. 이전에 쌍꺼풀과 코를 성형했을 때 수면마취를 한 것과 비슷한 증상이었다. 그녀의 정신은 곧장 게임 속으로 빠져들어갔다.

또 다른 꿈의 시작이었다.


2.


빗줄기가 창문을 때리는 소리가 들려왔다.

얇은 창틀이 외풍에 떠는 소리, 나뭇가지와 이파리가 거센 비바람에 마구 흔들리는 소리. 콧속으로 밀려들어 오는 곰팡이 냄새와 살갗을 찔러 오는 눅눅하고 차가운 냉기까지.

모든 감각을 느낄 수 있게 됨과 동시에 그녀는 눈을 떴다.

어두컴컴한 학교 복도가 시야에 들어오자 주노는 자기도 모르게 양팔로 어깨를 감싸 안았다.

왼쪽 복도에는 창문이 있고 오른편에는 1학년 반이 열을 지어 있었다. 반 팻말을 보니 그녀가 서 있는 곳은 3층에 있는 1학년 10반 옆이었다. 복도 건너편은 짙은 어둠으로 감싸여 있었다. 그녀는 자신이 몇 층에 서 있는지 가늠해보기 위해 창문 앞으로 다가갔다. 하지만 예상대로 창문은 열리지 않았다. 비 내리는 바깥을 보는 그녀의 모습만이 창문에 반사될 뿐이었다.

그때 그녀의 스마트워치에서 작은 홀로그램 영상이 떠올랐다. 제작진이 보내기로 약속한 시청자 실시간 반응이었다.

ㄴ헉, 폐교 배경인가? 그런데 진짜 리얼하다. 모르고 보면 폐교에서 촬영하는 줄 알겠어.

ㄴ우리 고등학교랑 똑같이 생겼어. 나 무서워서 내일 학교에 어떻게 가?

시청자들의 첫 반응은 합격점이었다. BJ 주노—본명 장준오—는 벌써 6년째 게임 방송을 진행해왔고,

연약하고 청순한 이미지와 달리 다수의 공포 게임을 섭렵한 베테랑 플레이어였다. 방송국 카메라 앞에서는 겁먹은 척 연기를 했지만 사실 그녀는 IOM 1을 플레이해본 경험이 있었다. 인기 게임의 후속작은 대개 전작과 비슷한 조작 시스템으로 제작하기 때문에 그녀는 게임 조작법을 어느 정도 숙지하고 있었다.

그런데 문제가 있었다.

학교 건물과 복도의 구조, 시멘트벽에서 풍겨 오는 냉기, 나무로 이루어진 창틀의 형태. 창밖에 보이는 수령이 90년 된 버드나무의 모습까지.

게임 속 배경은 그녀가 자퇴한 고등학교와 지나치게 흡사했다.

'재수가 없으려니까.'

그녀는 놀랍도록 발전한 과학기술과 IOM 2 개발진들을 향해 침이라도 뱉고 싶은 심정이었다.

벽에 붙어 겨우 걸음을 옮기던 주노는 복도 중간에 있는 1학년 8반 옆에 다다랐다. 고등학교 교실의 모습이야 어느 지역이나 대동소이하지만 이곳에는 주노의 기억을 강하게 자극하는 요소가 있었다.

주노가 생각에 잠기려던 찰나, 갑자기 사방이 망가진 TV 화면처럼 요동치기 시작했다.

복도는 순식간에 고등학생들로 가득 찬다. 쉬는 시간 특유의 왁자지껄한 소음이 귓바퀴를 왕왕 울린다. 그녀는 이것이 자신의 뇌가 만들어낸 환상인지, 아니면 게임 속 시나리오의 일부인지 분간을 할 수가 없다.

한 여고생이 주노의 곁을 스쳐 지나간다. 날씬한 몸매에 딱 맞는 교복을 입은 여고생은 고개를 푹 숙인 채 힘없이 걸어가고 있다. 그녀는 등허리까지 닿는 검은 생머리를 가졌다. 길을 걸어가면 누구나 한 번쯤 돌아볼 만큼 눈에 띄는 외모다.

한 무리의 여학생들이 여고생의 옆으로 걸어가다가 어깨를 세게 부딪친다. 누가 봐도 고의적인 의도가 다분하다. 그녀는 갑작스러운 습격에 맥없이 뒤로 넘어져 엉덩방아를 찧는다. 여학생들은 그녀를 내려다보며 까르르 웃음을 터뜨린다. '아프잖아. 눈을 어디다 달고 다니는 거야. 빨리 사과 안 해?' 여고생은 조용히 눈을 내리깐다. 그러나 절대 사과는 하지 않는다. 여학생들은 어이가 없다는 듯 헛웃음을 흘리며 제각기 한마디씩 내뱉는다. '싸가지 없는 년. 뭘 잘했다고 착한 척이야', '빨리 일어나. 누가 보면 우리가 너 왕따라도 시키는 줄 알겠다', '얼굴도 못생긴 년이 자기가 예쁜 줄 알고 나대는 것 좀 봐!' 그녀는 황급히 자리에서 일어나 도망치듯 교실로 향한다.

여고생이 1학년 8반으로 들어가자 학생들의 시선이 모인다. 그녀는 동물원 원숭이가 된 기분으로 자리에 앉는다. 책상 서랍에서 교과서를 꺼내려던 그녀는 섬뜩한 촉감에 놀라 손을 빼낸다. 서랍에 보관하고 있던 교과서와 공책들이 모두 갈기갈기 찢어졌고, 그것들을 찢는 데 사용되었을 커터칼까지 그대로 들어 있다. 그녀의 눈앞이 퓨즈 뽑힌 전등처럼 캄캄해진다. 뭘 어떻게 해볼 틈도 없이 수업 종이 울린다. 교사가 들어와 교과서를 검사하기 시작한다. 남학생들이 뒤에서 킬킬대며 웃는다.

그때 조심스럽게 여고생의 팔을 찌르는 손가락이 있다.

'내 거 같이 보자.'

그녀의 짝이 속닥이며 책상 가운데에 교과서를 펼친다. 통통한 체격에 몸에 맞지 않는 커다란 교복을 입은 아이였다. 여고생은 짝의 가슴팍에 달린 명찰을 들여다본다.

— 백아영

그녀는 짝의 얼굴을 바라본다. 그런데 짝의 얼굴은 부옇게 김이 서린 자동차 유리 너머처럼 흐릿하기만 하다.

백일몽은 처음 왔을 때처럼 삽시간에 사라졌다.

방금 전 환상은 그녀의 고등학교 1학년 시절 모습이었다. 게임은 그녀의 기억을 완벽하게 영상으로 재현해냈다. 문제는 그것이 주노가 가장 잊고 싶어 했던 기억이라는 것이다. 전 세계 시청자들이 지켜보는 가운데 자신의 치부를 낱낱이 공개해버린 주노는 수치심에 얼굴이 달아올랐다.

그때 갑자기 8반 안쪽에서 드르륵거리는 소리가 들렸다. 그녀는 새된 비명을 질렀다. 방금 전만 해도 놀이동산에 있는 유령의 집에 들어온 것처럼 자신만만했건만, 전신의 감각이 게임 속 현실에 적응되자마자 공포도 실제처럼 받아들이게 된 것이다. 그녀가 비명을 지르며 덜덜 떨자 실시간 반응은 더욱 뜨거워졌다. 시청자는 그녀가 교실로 쉽게 들어가지 못하는 모습을 보며 신나게 웃어젖혔다.

겨우 교실로 들어간 주노는 사물함 밑에서 손전등을 찾아 쥐었다. 그녀는 쾌재를 부르며 교탁을 쳐다보았다. 교탁에는 낡은 출석부 한 권이 있었고, 마침 형광으로 반짝거리고 있었다. 그녀는 망설임 없이 출석부를 펼쳐보았다.

출석부 가죽 표지는 물에 젖었다 마른 것처럼 안쪽까지 쭈글쭈글했다. 종이가 누렇게 변색된 데다 사진이 붙어 있는 페이지도 심하게 손상되어 있었다. 그녀는 손전등으로 사진들을 일일이 살펴보았다.

주노의 시선은 출석부에서 가장 눈에 띄는 사진 세 장에 머물렀다.

첫 번째는 주노가 고등학교 1학년이었던 당시의 담임 신지수였다. 과목은 아마 국어였을 것이다. 크게 인기도 없었지만 그렇다고 아이들에게 까다롭게 굴지도 않았던 전형적인 만만한 선생이었다.

두 번째는 주노의 사진이었다. 꽤 예쁘장한 그녀의 얼굴에는 누군가 장난을 쳐놓았는지 까만 펜으로 칼자국 흉터가 덧그려져 있었다. '장준오'라는 이름이 쓰여 있어야 할 부분도 뾰족한 펜으로 구멍을 뚫어놓아 알아볼 수 없게 만들었다. 주노는 엉망이 된 사진을 얼른 손바닥으로 가렸다.

그때 시청자의 실시간 반응이 도착했다. 주노는 덜덜 떨면서 채팅창을 읽어 내려갔다.

ㄴ주노 고딩 때 진짜 왕따당했었나 보네. 좀 불쌍하다.

ㄴ누구냐? 주노 거짓말했다고 우겨대던 놈이?

ㄴ우리나라 시청자들은 이래서 안 된다니까. 개떼처럼 몰려들어서 마녀사냥 하던 것들은 꼭 이럴 때 없어지더라?

예상외의 호의적인 반응에 주노는 입을 벌렸다.

저절로 미소가 흘러나왔다. 그러나 이런 상황에서 철 딱서니 없이 웃음을 터뜨렸다가는 동정론도 곧장 사라질 것이다. 그녀는 바로 마지막 사진을 관찰했다.

주노의 눈이 동그래졌다.

사람의 얼굴이 있어야 할 자리에 까마귀 머리가 그려져 있었다.

그녀는 사진 아래 쓰여 있는 이름을 소리 내어 읽었다.

"…백아영."

주노의 목소리가 가늘게 떨렸다.

아영은 고2 때 자살을 했고, 학생들은 아영이 왕따였던 주노를 돕다가 함께 찍혀 괴롭힘을 당한 탓이라고 떠들었다. 주노는 친구를 잃은 충격에서 벗어나기도 전에 친구를 죽인 원인 제공자로 손가락질당하는 신세가 되었다.

까마귀 그림에 손을 대자 검은 물감이 묻어났다. 주노는 무심결에 옷자락으로 물감을 닦으려 했다.

그때 갑자기 그림 속 까마귀가 부리를 쩍 벌렸다. 주노는 자기 눈을 믿을 수 없었다. 사진 속 아영의 얼굴을 뒤덮고 있던 까마귀 그림이 출석부를 뚫고 부풀어 오르고 있었다. 까마귀는 검은 부리를 벌리고 피거품을 쏟아냈고 완전히 종이 밖으로 빠져나오더니 거대한 날개를 퍼드덕거렸다. 주노는 까마귀를 마주 보지 못하고 교실 밖으로 달려 나갔다. 날아오른 까마귀가 그녀의 뒤통수를 바짝 쫓아왔다. 주노는 머리카락을 부리로 물어뜯으려 하는 까마귀를 양팔을 휘둘러 떼어내고 정신없이 뛰었다.

더는 까마귀가 쫓아오지 않자 그녀는 겨우 달리기를 멈출 수 있었다. 입에서 단내가 나고 심장이 두방망이질 쳤다. 그녀는 두 손으로 얼굴을 가리고 신음을 쏟아냈다. 마음 같아서는 엄마를 부르며 울고 싶은 생각뿐이었다. 하지만 지금은 방송 중이고, 10여 년 전 재혼해 다른 가정을 꾸린 엄마와는 연락이 끊긴 지 오래였다.

주노는 어느새 교무실 앞으로 와 있었다. 교무실 벽에 붙어 있는 안내 게시판에는 한물간 스타가 모델인 금연 포스터와 1학기 동안의 행사를 알리는 안내문이 붙어 있었다. 주노는 1학기 행사 안내문에 인쇄된 연도를 읽었다.

200X년.

지금으로부터 8년 전.

고등학교 1학년이었던 해다.

이것으로 게임 속 상황이 어느 정도 정리되었다.

IOM 2는 자신을 아영과 처음 만났던 열일곱 살 시절로 데리고 온 것이다.

주노는 뒤로 물러서며 머리칼을 마구 헤집었다. 얼굴이 새빨개진 그녀가 정신 나간 사람처럼 중얼거렸다.

"왜 하필이면 지금이야. 다른 배경도 많은데 왜 하필 학교냐고. 이해가 안 되네 진짜…."

그때 갑자기 교무실 문이 벌컥 열렸다. 주노는 교무실 안에 있던 파마머리 여자와 눈을 마주쳤다.

무언가 날카로운 것이 목을 꿰뚫었다.

주노는 쇠로 만든 30센티미터 길이의 자에 목이 뚫린 채 그대로 절명했다.

3.


빗소리가 들려왔다.

눈을 떠보니 주노는 교실 의자에 앉아 있었다. 책상 위치로 봐서 교실 오른쪽 구석 자리에 앉아 있는 것 같았다. 흐리고 눅눅한 날씨 탓인지 반 아이들은 아침부터 축 늘어져 있었다.

그녀는 일어나자마자 목을 매만졌다. 구멍이 뚫리기는커녕 흉터조차 남아 있지 않은 깨끗한 피부의 감촉이 느껴졌다. 목에서 울컥 뿜어져 나와 상체를 적셨던 핏덩어리도, 목에서부터 시작되어 정수리까지 내달리던 통증과 충격도 온데간데없이 사라져 있었다.

그러나 방금 전 일은 꿈이 아니었다. 죽음의 기억은 그녀의 목에 꽂혔던 철자처럼 뇌리에 단단히 박혀 들어갔다. 지금껏 여러 번 VR 공포 게임을 플레이해봤지만 이처럼 찜찜하고 구역질 나는 감각을 느낀 적은 없었다.

그녀는 손목을 확인해봤다. 스마트워치가 온데간

데없었다. 머릿속이 하얗게 변했다. 그것이 없으면 현재 시청자의 반응도, 방송이 어떻게 돌아가는지도 알 수 없다. 혹시나 해서 주변을 둘러봤다. 시계를 훔쳐 갔을 만한 사람은 아무도 없었다.

파마머리 교사가 책상 사이를 오가며 책을 읽고 있었다.

신지수는 국어 담당 교사로 1학년 8반의 담임이었다. 그녀는 8반의 담임을 맡게 되자 가장 먼저 조회 시간에 논어 읽기를 도입했다. 고전 읽기를 통해 학생들의 인성을 함양하겠다는 취지는 좋았으나, 학생들은 공자님의 말씀에 도통 관심이 없었다. 특히 아침 조회 시간에 들려오는 논어 구절이란 잠이 모자란 학생들에게 있어 자장가나 다름없었다.

"논어(論語)의 양화(陽貨) 편에는 '배우지 않아 생기는 여섯 가지 폐단'이라는 대목이 있어. 그중의 일부를 지금 읽어줄 테니까 잘 들어봐."


"인(仁)을 좋아하면서 배우는 것을 싫어하면 어리석어지는 폐단(弊端)이 생겨난다."

"선생님이 논어에서 가장 좋아하는 부분이야. 아무리 착한 마음씨를 지닌 사람이라도 배우고 익히지 않으면 동정심을 유발하는 사기꾼에게 속아 넘어갈 수 있다는 뜻이지. 너희들은 선과 악이 만화영화나 드라마처럼 쉽게 구별된다고 믿고 있지만 현실은 절대 그렇지 않아. 특히 스스로를 착하다고 믿는 사람일수록 거짓말을 잘 구분하지 못하는 경우가 많지. 왜냐하면 '선하다'라는 말을 '타인을 의심하지 않는다'라는 의미로 잘못 해석하기 때문이야.

그래서 선생님은 주변 사람들에게 착하다는 말을 많이 듣는 학생일수록 타인을 의심하는 법을 알아둬야 한다고 생각해. 가장 믿었던 사람의 거짓말이 얼마나 큰 상처를 남기는지 알기엔 너흰 너무 어리니까."

학생들 대부분은 담임의 훈화를 그저 그런 설교로 치부하며 지루한 표정으로 듣고 있었다. 엎드려 잠을 청하거나 책상 밑으로 팔을 내려 몰래 휴대폰을 만지작거리는 아이도 있었다. 반면 맨 앞자리에 앉은 백아영은 언어영역 1등급의 모범생답게 담임의 강독을 귀 기울여 듣고 있었다. 주노의 자리는 아영과 멀리 떨어져 있었다. 그녀는 일단 수업이 끝나기를 기다리기로 했다.

그런데 강독은 끝날 기미가 보이지 않았다. 담임은 비디오 화면을 앞으로 되감은 것처럼 같은 부분을 반복해서 읽고 있었다. 주노는 옆자리에서 졸고 있는 여학생의 어깨를 살짝 밀쳐보았다. 그러나 아무리 몸을 건드려도 여학생은 일어날 생각을 하지 않았다.

'이건 게임이야.'

주노는 속으로 읊조렸다.

'다음 스테이지로 넘어가기 위해서는 반드시 특정한 행동을 해야만 해. 하지만 그 조건이 대체 뭐지?'

"유야, 너는 육언육폐(六言六蔽)에 대해 들었느냐. 아직 듣지 못하였습니다. 앉거라, 내 너에게 들려주마… 지혜를 좋아하면서 배우기를 좋아하지 않는다면 그 폐단은 방탕하여지고, 신의를 좋아하면서 배우기를 좋아하지 않는다면 그 폐단은 의를 해치게 되고, 정직함을 좋아하면서 배우기를 좋아하지 않는

*다면 그 폐단은 가혹하게 되는 것이니….*"

담임의 말소리가 전보다 확연히 빨라지고 있었다. 두 배속으로 재생되는 음악처럼 발음이 뭉개지고 음성은 찢어지기 시작했다. 담임은 철자로 교탁을 두드려 소리를 내기 시작했다. 그것은 주노의 목을 꿰뚫었던 흉기이기도 했다.

담임은 일정한 박자에 맞춰 철자로 나무판자를 두들기고 있었다. 탁, 탁, 타닥, 탁. 주노는 이 소리가 머지않아 그칠 거라고 생각했다. 탁, 탁, 타닥, 탁. 그녀는 어째서 아이들이 이렇게 시끄러운 소리를 듣고도 깨어나지 않는지 궁금해 견딜 수가 없었다. 탁, 탁, 타닥, 탁. 교실 안이 왜 이렇게 덥지? 탁, 탁, 타닥, 탁, 탁. 가슴이 답답해. 탁, 탁, 타닥, 탁, 타닥, 탁. 마구 흔들리는 버스 안에 있는 것처럼 명치가 꽉 막혀 왔다. 탁, 탁, 타닥, 탁, 탁, 타다닥. 주노는 갑자기 헛구역질이 나와 입을 틀어막았다. 탁, 탁, 타닥, 탁, 탁. 저 철자를 빼앗아 담임의 목구멍에 찔러 넣고 싶다. 탁, 탁, 타닥, 탁, 탁, 탁, 탁, 탁, 타닥타닥. 닥쳐, 닥쳐, 닥쳐, 닥쳐!

"닥쳐! 제발 좀 닥치란 말이야!"

주노는 머리를 쥐어뜯으며 두 발을 동동 굴렀다. 그녀는 주먹으로 책상을 몇 번이나 내리치다가 이내 앉아 있던 의자마저 냅다 집어 던졌다. 그런데도 누구 하나 그녀를 돌아보지 않았다.

앞자리에 앉은 백아영도 마찬가지였다.

주노는 관객이 외면하는 무대에서 독백을 하는 삼류 배우가 된 기분이었다. 그녀는 학생들의 눈치를 보다가 자신이 집어 던진 의자를 들고 제자리로 되돌아왔다. 마치 학급에서 상대해주는 사람이 없었던 어린 시절처럼 말이다.

그때 누군가 주노의 어깨를 두드렸다. 그녀는 깜짝 놀라 옆을 돌아보았다. 방금까지 졸고 있던 여학생이 무표정한 얼굴로 쪽지를 건네 왔다.

두 번 접힌 노란색 포스트잇.

겉에는 파란색 펜으로 이니셜 'Y'가 쓰여 있다.

주노는 그것만으로도 쪽지를 보낸 사람이 누군지 알 수 있었다.

주노는 아영의 뒷모습을 바라보고는 떨리는 손으

로 그것을 펼쳤다.

―도망쳐

쪽지를 읽은 순간, 주노는 형언할 수 없는 한기를
느꼈다.

반 아이들이 일제히 주노를 바라보고 있었다.

아니, 정확히 말하자면 '아이'들이 아니었다.

'그것'들은 모두 사람 얼굴 대신 동물 머리를 달고
있었다. 개와 고양이뿐만 아니라 앵무새와 거북이의
머리를 가진 놈도 있었다. 그것들의 털은 하나같이
지저분하고 진드기가 잔뜩 붙어 있었다. 앵무새의
목에선 깃털이 죄다 뽑혀 나가 진물이 흘러내리고
있었고, 삼색 고양이는 한쪽 귀가 잘려 나가고 주둥
이에 있어야 할 털이 절반밖에 남아 있지 않았다. 레
트리버는 화상을 입은 것처럼 얼굴 반쪽이 뭉그러져
있었다. 주노는 급작스럽게 코를 찔러 오는 악취에
눈앞이 아찔해졌다. 방금까지만 해도 깨끗했던 교실
바닥이 동물의 배설물과 파리 떼로 뒤덮여 있었다.

주노는 종아리와 치맛자락에 들러붙은 구더기를 보고는 머리카락이 곤두설 정도로 소름이 돋았다. 그녀는 몸에 붙은 구더기를 털어내며 자리에서 일어나 펄쩍펄쩍 뛰었다. 그녀는 어느새 시청자들이 자신을 보고 있다는 것도 잊은 채 대여섯 살 어린애처럼 마구 소리를 지르며 울부짖었다.

신지수와 아영만이 사람의 형상을 유지하고 있었다.

그녀는 교실 문을 향해 달려갔다. 문은 굳게 닫혀 열리지 않았다. 주노는 창문으로 달려가 주먹으로 유리를 두들기기 시작했다.

"PD님, 나 이거 못 해요! 이 게임은 뭔가 잘못됐다고! PD님!"

어디에 있는지도 알 수 없는 카메라를 향해 소리치던 그녀는 갑자기 바닥에 주저앉아 구토를 했다. 지난 일주일 동안 오이와 당근, 셀러리밖에 먹지 않은 탓에 입에서 초록색 토사물이 쏟아져 나왔다. 양손으로 입을 틀어막아봤지만 위액이 콧구멍까지 비어져 나와 역효과만 날 뿐이었다. 눈물과 콧물을 질질 흘리며 기침을 하던 그녀는 쓰디쓴 위액을 왈칵 뱉어냈다.

주노는 여전히 앞만 바라보고 있는 아영을 향해 소리쳤다.

"아영아! 나야, 장준오! 내 말 안 들려?"

그녀가 애타게 부르는데도 아영은 돌아볼 생각을 하지 않았다. 그때 주노는 도저히 믿을 수 없는 광경을 목격했다.

눈 깜빡할 사이 신지수의 얼굴이 하얀 깃털로 뒤덮이더니, 입술이 길쭉한 부리로 변해 앞으로 튀어나오기 시작한 것이다. 부리는 도저히 현실에서 있을 수 없는 길이까지 늘어났다. 주노는 귀청을 때리다 못해 고막을 찢어놓을 듯한 까마귀 울음소리에 귀를 감싸고 쓰러졌다. 그녀는 엉엉 울면서 구더기와 정체 모를 오물과 파리 떼가 뒤엉켜 있는 바닥에 엎드려 기었다.

의자가 뒤로 밀리는 소리가 들렸다. 그러자 누가 스피커폰을 꺼버린 것처럼 까마귀 울음소리도 뚝 끊겼다. 주노는 하도 울어서 퉁퉁 부은 눈꺼풀을 억지로 떠 교실 앞을 바라봤다.

백아영이 자리에서 일어났다.

"아영아…."

주노가 이름을 부르자 아영은 고개를 살짝 옆으로 움직였다. 아영의 얼굴이 보이려던 찰나, 흰 까마귀가 그녀의 앞을 가로막고 괴기스러운 웃음을 터뜨렸다. 그것은 길쭉한 날개로 변한 양팔을 푸드덕거리며 제자리에서 펄쩍펄쩍 뛰었다. 주노는 하얗게 질린 채 멍하니 그것을 바라봤다.

낄낄대던 흰 까마귀는 날개를 들어 주노를 가리켰다. 그러자 동물 머리를 단 좀비들이 일제히 그녀를 향해 달려들었다. 레트리버가 목을 물어뜯는 것을 시작으로 샴고양이가 발톱으로 그녀의 얼굴을 걸레 찢듯이 찢어놓았다. 뺨에 붙어 있던 살갗이 뭉텅이로 떨어져 나가자 불에 타는 듯한 격렬한 통증이 느껴졌다. 주노는 마구 비명을 지르며 팔다리를 버둥거렸지만, 좀비들은 이내 그 팔다리마저 잡아 뜯어버렸다. 그녀의 몸에서 몇 리터는 되는 피가 분수처럼 솟구쳐 나왔다. 좀비 무리는 주둥이에 피를 묻

혀가며 그녀의 근육과 살점, 내장들을 걸신들린 듯
씹어 먹었다. 그 아수라장 속에서 주노 위에 올라탄
앵무새가 피에 젖은 눈알을 건져내 부리로 꿀꺽 삼
켰다.

이윽고 까마귀 소리가 멈췄다.


4.


여고생이 교무실에 들어서자 문에 매달린 풍경이
흔들리며 소리를 낸다. 푹푹 찌는 바깥 날씨와 달리
교무실 안은 에어컨에서 뿜어져 나오는 냉기로 가득
차 있다. 교무실을 둘러보던 여고생은 어깨에 하얀
카디건을 걸친 여교사에게로 향한다.

책상에 일주일 전 치렀던 교내 백일장 답안지가
탑처럼 쌓여 있다. 그 위에 놓인 출석부 표지에는 〈2
학년 1반 담임 신지수〉라고 쓰여 있다.

"왔구나."

신지수는 웃으며 옆에 있는 의자를 가리킨다. 여

고생은 주뼛주뼛 자리에 앉는다. 신지수는 여고생에게 얼음을 띄운 녹차를 권한다.

"친구들이랑은 잘 지내고 있니?"

"…네."

여고생의 목소리가 흐려진다. 신지수는 그녀의 표정을 유심히 살핀다.

"선생님이 널 부른 건 지난주 네가 낸 백일장 답안지에서 몇 가지 확인할 게 있어서야. 솔직하게 대답해줬으면 좋겠어."

여고생은 놀란 듯이 고개를 든다. 선생은 파일에서 두 장의 원고지를 꺼내 여고생 앞에 펼쳐놓는다.

"네가 한번 비교해봐. 두 사람의 글이 어떤지."

여고생은 원고지를 들여다본다. 하나는 자신의 것이고, 다른 하나는 그녀의 절친이 쓴 작품이다. 두 답안지를 번갈아 읽던 그녀의 얼굴이 삽시간에 굳어간다.

백일장 당일 제시된 주제어는 총 세 가지였다. 두 사람은 마치 짜기라도 한 것처럼 어머니를 중심 소재로 잡아 글을 전개해나갔다. 둘 중 한 사람이 다른 쪽의 글을 베껴 썼거나, 사전에 작문 주제와 구성 방향을 정해놓지 않고서야 이렇게 비슷한 답안은 나올 수가 없다.

그러나 여고생은 단호하게 고개를 젓는다.

"전 아니에요."

그녀가 말한다.

"정말이에요. 전 절대로 남의 글을 베낀 적이 없어요."

"그렇다면 네 친구가 글을 베꼈다는 얘기로구나."

선생이 냉정하게 말한다. 여고생은 초조한 듯 무릎 위에 놓은 양손을 꼼지락거린다.

"아니에요. 절대 그럴 리 없어요."

그녀는 작지만 분명한 어조로 말한다. 선생은 다시 그녀에게 묻는다.

"그럼 이게 어떻게 된 일일까? 혹시 글을 쓰기 전 친구와 의논을 하거나, 미리 같은 주제로 글을 써본 건 아니니?"

"의논 같은 건 하지 않았어요. 하지만… 백일장 글 쓰는 법을… 가르쳐준 적은 있어요. 대회 이틀 전에."

"좀 이상하구나. 고작 이틀 배웠다고 이렇게 친구와 똑같은 답안을 쓸 수 있을까? 백일장 주제는 당일에 제시됐고, 만약 우연히 같은 주제를 선택했다 해도 내용까지 똑같을 수는 없을 텐데 말이야."

"사실은…."

"사실은?"

"예전에 그 애한테 우리 엄마 이야기를 들려준 적은 있어요."

"네가 백일장 답안에 쓴 내용을 그대로?"

"네. 기회가 된다면 나중에 글로 옮기고 싶다고 했는데…. 그렇지만 우연일 거예요."

"뭐가 우연이라는 거지?"

"그, 글이 똑같은, 아니 비슷한 게요. 그 애는 절대 제 글을 베끼거나 하지 않았어요. 그럴 애가 아니에요."

"어떻게 그렇게 확신하지?"

여고생은 머리를 떨군다.

"…잘 모르겠어요."

그녀가 기어들어 가는 목소리로 말한다.

창밖에서 매미가 시끄럽게 울어대기 시작한다. 멀리 운동장에서 남학생들이 축구를 하는 소리가 들려온다.

선생은 여고생의 가슴에 달려 있는 이름표를 바라본다.

—*장준오*

"그리스 신화에 이런 얘기가 있어."

선생이 그녀에게 말한다.

"까마귀는 원래 아름다운 흰 깃털을 가진 아폴론 신의 심부름꾼이었지. 그런데 어느 날 까마귀는 심부름 도중 한눈을 팔다 늦어버렸고, 이유를 추궁하는 아폴론에게 그의 아내가 간통을 했다는 거짓말을 해버려. 까마귀의 말만 믿고 자신의 아내를 죽인 신은 나중에 사실을 알고 분노하여 까마귀를 까맣게 태워 죽였지. 그 뒤로 모든 까마귀의 깃털이 검은색으로 변했다는 거야."

여고생은 어린아이들이나 좋아할 법한 신화 이야

기가 이번 상담과 무슨 연관이 있는지 알 수가 없다. 선생은 얼음이 녹아 묽어진 녹차를 한 모금 마신 뒤 말을 이어간다.

"그런데 여기서 빠진 내용이 있어. 까마귀는 대체 왜 신에게 거짓말을 했을까? 신을 상대로 거짓말을 하면 금방 들킬 거라는 건 조금만 생각해도 알 수 있었을 텐데 말이야."

"글쎄요. 원래 거짓말쟁이에다 성격이 나빠서 그런 것 아닐까요? 아폴론의 아내를 질투했을 수도 있고요."

"그래, 그랬을 수도 있지. 하지만 나는 조금 다르게 생각해."

신지수는 출석부를 펼쳐 반 아이들의 사진이 붙어 있는 페이지를 들여다본다.

"미움받고 싶지 않았던 거야. 아폴론 신에게. 하지만 그 결과는 아무 죄 없는 사람의 죽음으로 끝났지."

여고생의 팔뚝에 소름이 돋는다.

"아폴론은 애초에 까마귀를 믿지 말았어야 했어."

신지수가 말한다.


태풍이 불어오려는지 바람 소리가 더욱 거세어지고 있었다.

주노는 거칠게 숨을 몰아쉬며 자리에서 일어났다. 자신이 복도 한가운데 대자로 뻗어 있다는 사실을 인지하자마자 머리가 깨질 듯한 두통이 덮쳐 왔다. *빨간 펜으로 표시된 백일장 답안지, 책장이 절반은 뜯겨 나간 교과서, 죽어버리라는 내용이 적혀 있는 쪽지, 악플로 도배되어 있는 미니 홈페이지, 머리가 깨져 뇌가 흘러나온 고양이 사체.* 그녀의 눈앞에 화질이 좋지 못한 영화필름이 산발적으로 상영되고 있었다.

영원히 끝나지 않을 것 같던 고통은 이내 사그라졌다. 주노는 자리에서 일어나지 못하고 신음을 흘렸다. 동물들에게 산 채로 뜯어 먹히던 모습이 떠오른 탓이었다.

그녀는 언젠가 건강 관련 방송 프로그램에서 최신 VR 게임을 장시간 플레이할 경우 심각한 부작용을 초래할 수 있다고 경고하는 것을 본 적이 있었다. 머리 전체를 둘러싸는 VR 헤드기어는 매초마다 무수히 많은 신호 소자를 내보내 뇌를 자극한다. 특히 인간의 감각을 주관하는 전두엽과 기억을 관장하는 측두엽에 가장 막대한 양의 자극이 주어진다. 그런데 장시간 게임을 플레이할 경우 극심한 두통을 동반한 어지럼증이 일어날 뿐 아니라 심한 경우 의식불명 상태에 빠질 수도 있다는 것이다.

IOM 2는 인간의 공포를 근원부터 재현해야 한다는 강박에 싸여 사람들이 공포 게임을 플레이하는 이유를 잊어버렸다. 플레이어는 일상에서 벗어나 잠시 스릴을 즐기려는 것이지 끔찍한 트라우마를 영상으로 지켜보거나 괴물들에게 팔다리가 뜯겨 나가는 체험을 하고 싶은 게 아니다. 주노는 이번 방송이 끝나고 나면 두 번 다시 VR 공포 게임은 하지 않으리라 다짐했다.

그때였다. 주노의 귀에 꽂힌 인이어에서 신호음이 들려오기 시작했다. 그녀는 점점 커지는 소리에 화들짝 놀라 몸을 일으켰다.

"주노 씨! 주노 씨! 제 말 들리세요? 들리면 대답해주세요!"

PD의 목소리였다. 그녀는 PD에게 괜찮다고 답하려 했지만 막상 입을 열자 발작적인 눈물이 터져 나왔다.

"P, PD님. 대체 어떻게 된 거예요? 왜 계속 연락이 안 됐던 거예요?"

"이것 참 미안하게 됐습니다. 작가들이 몇 번이나 게임 공략을 알려주려고 했는데, 주노 씨가 계속 게임 오버되면서 중간에 우리가 서버에서 튕겼지 뭡니까."

"제, 제가 계속 게임 오버되었다고요?"

주노가 멍청히 되물었다.

"일단 스마트워치로 시청자 실시간 반응을 봐주세요."

"PD님, 저 시계가 없어요. 아까 잃어버려서….'"

"그게 무슨 말이죠? 그럼 지금 손목에 차고 있는 건 뭡니까?"

PD가 어이없다는 듯이 말했다. 주노는 팔을 내려

다보았다. 은색 스마트워치는 처음부터 사라진 적이 없었다는 듯이 손목에 매달려 있었다. 주노는 기억이 어디서부터 헝클어졌는지 알 수가 없었다.

전원을 켜자마자 채팅창에 밀린 대화 목록이 폭주했다. 눈으로 좇아 읽을 수도 없을 만큼 채팅이 빠른 속도로 밀려 올라가더니, 곧이어 시청자 반응이 채팅창을 가득 메웠다.

ㄴ미친, 어떻게 같은 부분에서 열 번이나 죽을 수가 있지? 한심하다, 진짜.

ㄴ게임 전문 BJ라 재밌는 진행 기대했는데 기대 이하네요. 전 이만 퇴장합니다.

ㄴ제대로 진행될 때까지 두 시간이나 기다렸는데 지루해서 더 이상 못 보겠다. 오늘 WGN 개국 특집인데 주노가 다 망쳤네.

그 밖에도 입에 담기도 힘든 욕설과 비하 발언이 난무했다. 주노는 양손으로 얼굴을 감싸고 자리에 주저앉았다. 어깨가 부들부들 떨리고 있었다.

"주노 씨. 괜찮아요?"

PD가 물어 왔다. 자기가 악플을 읽어보라고 해놓

고선 괜찮냐고 묻는 건 어느 나라의 매너인지, 주노는 가슴만 더 답답해졌다.

"PD님. 죄송한데요, 저 진짜 못 하겠어요. 그냥 게임 클리어 실패했다 치고 편집만 해서 내보내주시면 안 돼요?"

그녀가 간절하게 부탁했지만 PD는 그녀보다 더 저자세로 매달렸다.

"주노 씨. 다른 날이라면 몰라도 오늘은 방송국 개국 기념 생방송이에요. 지금까지 힘내서 달려왔는데 이대로 끝내면 너무 아깝지 않겠어요?"

"저, 저 출연료 그냥 포기할게요. 계약서에도 그렇게 쓰여 있잖아요. 게임 도중 제가 신체적, 정신적 피해를 입었을 경우 안전을 위해 방송이 중단될 수 있다고요!"

그녀가 빠르게 끼어들었다. 당장 게임에서 빠져나가 현실로 돌아갈 수만 있다면 그깟 출연료쯤은 얼마든지 내놓을 수 있었다.

"주노 씨. 우리는 프로잖아요. 출연자가 마음먹은 대로 방송이 안 돌아간다고 촬영을 포기해버리면 그게 어디 프로입니까? 아마추어지."

"저 진짜 못 하겠어요. 이대로 게임을 계속하면 정말로 죽을 것 같단 말이에요."

"애초에 IOM 2가 플레이어의 심리를 분석하는 게임인 걸 알고 출연에 동의하신 거잖아요. 게다가 여기서 발을 빼면 가장 애매한 처지가 되는 사람은 주노 씨예요."

"그게… 무슨 소리예요?"

주노는 순간 불길한 예감이 들었다.

"이런 말씀 드리기 참 죄송한데요. 지금까지 게임 실황을 지켜봐온 시청자들이 의혹을 제기… 아니, 궁금해하고 있다고 해야 하나. 주노 씨의 학창 시절에 대체 무슨 일이 있었는지 말이죠."

"…"

"절대 제가 주노 씨를 의심해서 이러는 게 아니에요. 하지만 실시간 채팅과 시청자 게시판을 보면 시청자들이 하나같이 이런 반응이거든요. 백아영은 누구냐, 담임은 왜 괴물로 변했느냐, 애완동물을 열 마리나 키우는 여자의 무의식에서 왜 동물들이 좀비로 변해 나오느냐. 뭐 이런 얘기들이요."

"…PD님도 제 정신이 이상하다고 생각하시는 거예요?"

"아뇨, 그럴 리가요! 제작진 측에서도 너무 심한 악플이나 루머 글을 작성하는 시청자에게는 신고 조치를 하고 있습니다. 하지만 이대로 주노 씨가 게임 플레이를 포기해버리면 떠들기 좋아하는 악플러들이 신이 나서 달려들 게 빤하지 않겠어요?"

"하지만…!"

"지금 스마트워치로 스테이지 공략법을 전송해드릴게요. 이번 위기만 잘 넘겨주시면 시청률도 다시 오를 겁니다. 그러니까 너무 걱정 마시고 힘내주세요. 아시겠죠?"

PD는 마지막으로 파이팅이라는 말만 남긴 채 통신을 종료해버렸다. 주노는 씩씩대면서 속으로 그에게 욕설을 퍼부었다.

'더러운 방송국 새끼들. 내가 팬이 떨어져 나갈까 봐 자기들이 하는 말이라면 뭐든 들을 거라 생각하나 보지? 방송만 끝나봐. 온갖 SNS에 당신들의 만행을 다 퍼뜨려놓겠어. 출연자를 정신적으로 혹사시키는 것도 모자라 불리한 계약서를 쓰게 해 출연료 지급도 하지 않으려고 하잖아. 당신은 프로 방송인 아니냐고? 지랄하고 있네! 다들 겉으로는 나를 칭찬하는 척, 예뻐하는 척하면서 뒤로는 '창녀처럼 웃음을 팔면서 사이버머니나 모으는 BJ'라고 욕하고 있잖아!'

주노는 갑자기 손톱으로 스쳐 지나가는 날카로운 통증에 비명을 질렀다. 큐빅을 붙여놓은 엄지손톱이 절반이나 뜯겨 나가 피가 비치고 있었다. 자신이 아까 전부터 엄지손톱을 질겅질겅 씹고 있었다는 사실조차 모르고 있었다. 그녀는 잇새로 욕설을 씹어뱉고는 옆에 있던 교실 문을 발로 걷어찼다. 낡은 나무 문짝이 앞뒤로 흔들리며 삐걱댔다.

시계에서 신호음이 울렸다. 참 빨리도 전송해주시네. 주노는 빈정거리며 문서 파일을 열었다.


플레이어의 기억 속에 있는 여러 요소들이 환상의 재료가 되고 있음.

현재 가장 방해가 되는 담임선생 캐릭터를 없애기 위해서는 플레이어 본인만이 알고 있는 대상의 약점을 이용해야 함.

가장 중요한 건 게임의 최종 목적을 파악하는 것. 스스로 단서를 찾아 조합해나가야 함.


"이걸 지금 공략이라고 준 거야?"

주노는 너무 황당한 나머지 입을 떡 벌렸다. 공략이란 모름지기 게임을 플레이하는 순서라거나, 암호해독이라거나, 게임 완수 목적을 말해줘야 가치가 있는 것 아닌가? 그런데 게이머라면 누구나 알 법한 당연한 이야기 몇 줄을 공략이랍시고 던져주다니!

이제 더 이상 같은 자리에 서 있을 수만도 없었다. 일단 뭐라도 찾아 단서를 만들어야 게임에서 빠져나갈 가능성이 생긴다. 주노는 방금 걷어찬 나무 문짝을 올려다보았다. 2학년 5반이라고 쓰인 팻말이 눈에 들어왔다. 그녀는 그대로 몸이 굳어버렸다.

"뭐야 이게. 다음에 또 죽으면 이번에는 3학년 교실로 가게 되는 건가?"

짐짓 여유로운 척 중얼거렸지만, 주노는 자신이 3학년 교실로 가게 될 일은 없을 거라는 걸 어렴풋이 느끼고 있었다.

그녀의 학창 시절은 2학년 5반에서의 기억이 마지막이기 때문이다.

그해 여름, 친구 백아영은 학교 옥상에서 뛰어내려 자살했다.

그날 아영은 유일하게 준오에게 전화를 걸었다.

'내가 전화를 받았나?'

분명 받았을 것이다.

그러나 그녀는 아영의 죽음을 막지 못했다.

그 애가 피투성이가 되어 차갑게 식어가던 와중에 그녀는 노래방에 있었다.

다른 친구들과 함께.

아영이 그렇게 된 후 준오는 2학기 중간고사를 완전히 망쳤고 학교에 무단결석하기 시작했다. 외할머니는 끊임없이 그녀의 방문을 두드렸다. 재혼한 엄마도 대여섯 번 정도 그녀를 찾아와 등교를 재촉했다. 그러나 1년이 지나고 친구들이 모두 수능을 치르고 난 다음부터는 누구도 주노의 방문을 두드리지 않게 되었다.

'그랬었지.'

주노는 2학년 5반으로 들어갔다. 교실 안은 매우 어두웠다. 교실 뒤편에서 희미한 빛이 흘러나오고 있었다. 쓰레기통이었다. 주노는 과자 봉지와 휴지 찌꺼기가 뭉쳐 있는 쓰레기통 속으로 손을 넣었다. 쓰레기를 뒤지던 그녀는 푸른색으로 빛나는 아이템을 발견했다.

교복 재킷에 꽂을 수 있도록 옷핀이 붙은 이름표였다.

'백아영'이라고 쓰여 있는.

주노는 이름표를 손바닥으로 감싸 쥐고 다른 장소로 향했다. 이번에는 1분단 세 번째 줄 책상이었다. 책상은 다리 하나가 몹시 짧았고 상판 껍질이 죄다 일어나 있었다. 의자 또한 고등학생 신장에 맞지 않는 초등학생용이었다.

책상 서랍에서 푸른빛이 흘러나왔다. 주노는 덜덜 떨리는 손으로 서랍에 손을 넣었다. 안에서 갈기갈기 찢어진 체육복과 머리카락 뭉치, 운동장 모래 등이 쏟아져 나왔다. 그녀는 그것들을 보자마자 배 속이 뜨거워지고 등에서 식은땀이 흘렀다.

아영이 죽은 뒤 반 아이들은 주노의 책걸상을 빼앗고 창고에서 낡고 망가진 책상을 대신 가져다 놓았다. 주노는 쓰레기통에 버려진 자기 소지품을 주워 와 낡은 책상 서랍에 넣어야 했다. 흐느껴 우는 그녀의 등 뒤에서 아이들은 깔깔대며 웃기 바빴다. 그들은 고3이 되기 직전이었고 왕따에 시달리다 자살한 반 친구를 불쌍히 여길 만한 감정적 여유가 없었다. 그들은 죄책감을 느끼거나 죽은 아영에게 사죄하는 대신, 자살 사건으로 반의 면학 분위기를 침체시킨 책임을 주노에게 돌리기 시작했다.

주노는 쓰레기 더미 속에서 물에 푹 젖은 노란 포스트잇과 멀쩡한 파란 볼펜을 찾아냈다. 두 번 접은 쪽지에 이니셜 'Y'가 쓰여 있었다. 그녀는 물에 젖은 종이가 찢어지지 않도록 조심하며 쪽지를 펼쳤다.

네가… 알지만

이번이… 마지막이야.

방과 후에 컴퓨터실로 와줬으면 좋겠어.

…해.



물에 번져서 읽을 수 없는 부분이 있었지만, 적어
도 다음에 가야 할 장소가 어디인지는 알게 되었다.
주노는 쪽지와 볼펜을 주머니에 넣고 자리에서 일어
났다.

그때였다.

"*저 미친년 좀 봐.*"

주노는 반사적으로 뒤를 돌아보았다. 교실에는 아
무도 없었다.

"*진짜 뻔뻔하다. 아영이가 누구 때문에 죽었는데?*"

다시 말소리가 들렸다. 이번에는 환청이라 생각할
수 없을 정도로 또렷한 목소리였다. 누군가 목구멍
에 휴지를 처넣은 것처럼 숨이 꽉 막혀 왔다.

"닥쳐."

주노는 이를 갈며 어디서 들리는지 알 수 없는 목
소리들을 향해 말했다.

"미친 건 너희들이야. 아영이가 죽은 건…!"

"억울해? 억울하면 아영이처럼 너도 뛰어내려봐. 왜? 못 하겠어?"

"우리가 아영이를 왕따시켜서 죽였다고 담임한테 꼰질러보지 그래?"

다음 목소리가 주노의 귀에 대고 속삭였다.


—그 애의 백일장 수상을 취소시킨 것처럼.


"…난 아무 짓도 안 했어."

주노가 허공에 대고 외쳤다.

"난 아영이에게 아무 짓도 안 했어!"

그녀가 고함친 순간 교실 창문에 뭔가 부딪혔다. 창밖의 버드나무가 돌풍에 이리저리 머리카락을 휘두르기 시작했다. 나뭇가지가 채찍처럼 유리창을 가격했고 유리는 얇은 호숫가 얼음처럼 걷잡을 수 없이 쩍쩍 갈라졌다.

마지막 채찍이 날아들자 교실 유리창 다섯 개가 동시에 깨졌다. 파편들은 고스란히 거센 바람을 타고 교실 안에 날아들어 왔다. 주노는 쓰러진 채 눈을 뜨지도 못하고 팔다리를 허우적대다 겨우 몸을 일으켜 교실 밖으로 달려 나갔다.

컴퓨터실로 향하는 통로를 달려가던 주노는 발바닥이 축축하게 젖어 들어가는 느낌에 아래를 내려다보았다. 손과 발이 유리 조각에 찔려 온통 피투성이였다. 그제야 수십 개의 날카로운 바늘로 찌르는 듯한 통증이 밀려왔다. 특히 팔뚝과 무릎은 3센티미터 이상 찢어져 피가 줄줄 흘러내리고 있었다.

일순 눈앞이 컴컴해지고 바닥이 훅 꺼져 들어갔다. 주노는 쓰러지기 전 겨우 벽을 붙잡았다. 그녀는 그나마 상처가 덜한 왼발로 몸무게를 지탱하며 힘겹게 앞으로 걸어나갔다.

그녀의 스마트워치에서 시청자 반응을 알리는 신호가 울렸다.

ㄴ이거 진짜 재밌다. 나 팝콘 들고 왔음.

ㄴ나 방금 들어왔는데 지금 게임이 어떻게 돌아가고 있는지 설명해줄 사람?

ㄴ그래서 주노가 아영이를 고자질해서 죽였다는

거야?

　ㄴ다들 답답해 죽겠네. 백아영이 백일장에서 주노 글을 베꼈는데 들켜서 자살한 거잖아!

　ㄴ어이가 없다. 정신력이 얼마나 약하면 그런 일로 자살해? 요즘 애들은 정신 상태가 썩었네.

　ㄴ내가 주노랑 같은 학교 나온 언니를 아는데, 주노가 원래 전교 왕따로 유명….

이제는 눈물조차 나오지 않았다. 주노는 빠른 속도로 사라지는 채팅 목록을 멍한 눈으로 훑다가 일순 시선을 멈췄다.

　ㄴ주노 너무 불쌍하다. 방송 때문에 아픈 과거를 다 드러낸 거잖아.

파란 모자를 쓴 익명의 아이콘이었다. 그의 발언에 채팅창에는 조금씩 동조하는 의견이 올라왔다.

　ㄴ맞아요. 아무리 시청률이 중요하다지만 방송국이 출연자 개인의 과거사를 일방적으로 드러내는 것은 옳지 않다고 생각합니다.

　ㄴ난 주노가 뭘 잘못했는지 모르겠는데? 죽은 친구가 불쌍하긴 하지만 자살은 명백한 죄악이잖아.

ㄴ방송에서 일부러 자기 과거를 까발린다니요. 어제 발매된 신작 게임인데 주노 님이 어떻게 미리 알고 판을 짜놓는단 말입니까? 주노 님, 이런 상황에서도 포기하지 않고 열심히 방송하는 모습에 정말 감동받았습니다. 힘내세요!

주노는 희열과 흥분으로 가슴이 뻐근해졌다.

자신을 동정하고 위로해주는 시청자들의 반응은 항우울제나 각성제보다도 더 빠르게 그녀를 일으켜 세울 수 있었다. 기어가는 것처럼 느린 속도로 컴퓨터실을 향해 가는 동안 시청자들은 계속해서 주노에게 응원 메시지를 보냈다. 이제 그들은 한마음 한뜻으로 그녀가 미션에 성공하기만 바라고 있었다.

시청자들은 말했다. '팬입니다. 언니 방송 매일 보고 있어요', '누가 뭐라 해도 전 주노 님을 믿어요', '주노 님이 세상에서 제일 예뻐요', '주노 님의 방송은 저를 치유해주는 활력소예요', '주노 님, 사랑해요'.


—당신이 예전에 무슨 짓을 했다 해도.

'그래. 너희들은 나를 사랑해.'

주노는 생각했다.

'난 너희들을 위해서 뭐든지 할 수 있어.'

시청자들은 앉아서 즐겁게 쇼를 지켜보고 환호해주기만 하면 된다. 대중의 관심에 집착하는 정신병자라 불린다 해도 주노는 아무렇지도 않았다. 본인이 직접 차에 치이는 장면을 SNS로 생중계하고도 시청자들의 외면을 받은 BJ가 있는 마당에, 게임 속에서 유리에 좀 찔리는 게 무슨 대수란 말인가? 현실의 주노는 안전한 장소에서 털끝 하나 다치지 않은채 잠자는 숲속의 공주처럼 누워 있을 것이다. 게임에서 부상을 입은 것으로 시청자들의 위로와 동정을 이끌어냈으니 누가 봐도 남는 장사였다. 주노는 입술 사이로 쉬지 않고 중얼거렸다. 전부 괜찮다고. 문제는 아무것도 없으며, 게임을 끝내기만 하면 가상현실의 아픔쯤은 망각 속으로 사라질 것이라고 말이다.

컴퓨터실로 들어서자 먼지 냄새가 물씬 풍겨 왔다. 교실 한가운데 자리한 컴퓨터 본체에서 초록색 불빛이 새어 나오고 있었다. 그녀는 컴퓨터 본체 전원을 눌렀다. 낡은 구형 컴퓨터가 부들거리며 굵은 기계음을 내뱉었다. 파란색 화면이 걷히더니 적어도 두 세대 전의 시스템 바탕화면이 보였다. 주노는 바탕화면에 늘어서 있는 아이콘들을 살펴보았다.

주노는 미니 홈페이지에 접속했다. 유치한 캐릭터 아이콘으로 덕지덕지 덮인 홈페이지가 화면에 떠올랐다. 그녀는 잠시 멍하니 화면을 들여다보았다.

이 홈페이지는 오래전 계정을 삭제해 더 이상 온라인상에 존재하지 않을 터였다.

홈페이지 배경 화면에 두 장의 사진이 있었다. 한 장은 곱상하게 생긴 남학생의 얼굴이었고, 다른 사진은 긴 생머리에 얌전한 인상의 여학생 얼굴이었다. 애석하게도 여학생의 눈은 캐릭터 스티커에 덮여 보이지 않았다. 주노는 몇 번이나 스티커를 지우려고 시도해봤지만 이상하게도 번번이 오류가 생겼다. 그러나 그녀는 이미 사진의 주인공이 누군지 알고 있었다.

주노는 고등학교 시절 미니 홈페이지를 정성껏 관

리했다. 비밀 게시판을 만들어 아영과 교환 일기를 쓰기도 했고, 잘생기기로 유명한 옆 학교 남학생의 사진을 올리기도 했다. 그녀는 같은 학교 친구뿐만 아니라 온라인 유명 인사들과 미니 홈페이지 이웃을 맺는데 골몰했다. 그러던 어느 날 짝사랑하던 옆 학교 남학생이 온라인 쪽지로 데이트 신청을 해 왔을 때, 주노는 임금에게 승은을 입은 궁녀처럼 감격해서 잠도 이루지 못했다. 그녀의 마음은 기대에 가득 부풀어 올라 있었다….

옛일을 떠올리던 주노는 갑작스레 관자놀이를 꿰뚫고 지나가는 날카로운 통증에 머리를 붙잡았다. 그녀의 머릿속에 살고 있는 사악한 요정이 수백 개의 드릴로 두개골을 뚫고 있었다. 귓속에서 칠판을 손톱으로 긁는 듯한 이명이 울렸다. *이게 아니야 뛰어내리고 있어 누구나 다 알아 그는 네 사진이 만남은 성공적이었지 예쁜 시발 년 누구라도 상관없어 그들은 욕망을 채웠고 좆 같은 아무것도 몰라 아니 아는 척하지 마 걸레 같은 년 구형 휴대폰 액정 위에 떠 있는 전화번호 어두운 골목 이건 끔찍해 죽고 싶*

*어 쌍년아 널 죽여버리….* 주노는 교실이 떠나가라 비명을 지르면서 머리를 마구 흔들었다.

아픔이 잦아든 그녀의 눈앞에 또다시 기괴한 장면이 펼쳐졌다.

아영이 컴퓨터 앞에 앉아 있었다.

정확히 말하자면 '모든' 컴퓨터 앞이었다.

컴퓨터 화면 불빛에 그녀들의 모습이 촛불처럼 일렁였다. 그녀들은 소맷자락이 찢어지고 치마 솔기가 터진 지저분한 교복을 입은 채 멍하니 컴퓨터를 들여다보고 있었다.

컴퓨터 화면에서 미니 홈페이지 방명록 페이지가 끝도 없이 밀려 올라가고 있었다. 방명록을 읽은 주노는 곧 구역질이 나올 정도로 충격을 받았다. 그녀는 BJ 활동을 통해 시청자들이 내뱉는 웬만한 욕설에는 이미 면역이 된 상태였지만, 방명록에는 그녀조차 참을 수 없을 정도로 끔찍한 욕설들이 나열되어 있었다. '창녀'나 '걸레'라는 단어가 개중 양호한 욕이라면 말 다 한 것 아닌가. 가장 눈에 띄는 부분은 '네가 남자애들한테 꼬리를 쳤으니까 그런 일을

*당한 거지*'였다. 문맥을 보아 남자에게 몹쓸 짓을 당한 여자에게 도리어 그녀의 행실을 비난하는 것 같았다.

아영의 모습을 한 여자들은 빨리 감기를 누른 영상처럼 현실에는 있을 수 없는 속도로 고개를 위아래로 끄덕이고 있었다. 빗소리와 컴퓨터 기계음, 천둥소리 등이 한데 모였다. 그것은 이윽고 고양이나 새가 목이 뒤틀려 죽어갈 때 내지르는 소름 끼치는 단말마로 변질되었다. 주노는 손바닥으로 귀를 막아봤지만 소용없는 짓이었다.

쉼 없이 흔들리던 그녀들에게서 우두둑 뼈가 부러지는 끔찍한 소리가 들렸다. 40명이나 되는 여자들의 목이 아래로 기이하게 꺾여 하얀 척추 뼈가 드러났다. 주노는 너무도 충격적인 장면에 숨도 제대로 쉬지 못했다. 이윽고 그녀들의 몸뚱이가 염산 구덩이에 빠진 것처럼 녹아내리기 시작했다. 살이 지글지글 타들어가는 소리, 코를 쇠꼬챙이로 찌르는 듯한 매캐한 냄새, 살갗 대신 드러난 시뻘건 근육 섬유와 내장, 주노는 잠시 정신을 놓으려 했다.

바로 그 순간 하늘이 반으로 쪼개지는 것 같은 천둥소리가 들려왔다. 학교 전체가 뒤흔들리는 꽝음에 주노는 겨우 정신을 차리고 컴퓨터실을 빠져나갔다.

　"살려줘!"

　그녀는 미친 사람처럼 허공을 향해 악을 썼다.

　"날 내보내줘!"

　그녀는 어두운 복도를 내달렸다. 다시 번개가 쳤다. 복도 전체가 수천 개의 형광등을 켜놓은 것처럼 밝아졌다. 주노는 건너편 건물 옥상에서 사람의 그림자를 발견했다. 처음에는 잘못 본 거라 생각했지만, 이윽고 두 번째 번개가 내리쳤을 때는 도저히 그 형상을 모른 척할 수가 없었다.

　길고 검은 머리를 늘어뜨리고 찢어진 교복을 입고 있는 여자.

　그녀는 옥상 난간 위에 앉아 허수아비처럼 몸을 앞뒤로 흔들고 있었다.

　주노는 가슴을 스쳐 가는 싸늘한 예감에 전율했다.

　아영은 끊임없이 주노를 부르고 있었다.

　과거 최후의 순간에 주노를 만나지 못하고 떠나야

했던 게 한으로 남았다는 듯이.

게임을 끝내기 위해서는 옥상으로 가야 한다.

살갗이 찢겨 피가 줄줄 흐르고, 팔과 다리가 부러지는 한이 있더라도.


5.


옥상으로 올라가는 계단은 어두웠고, 습했으며, 담배 냄새와 오줌 냄새가 뒤섞인 악취까지 풍겨 왔다. 사방은 축축하게 젖은 시멘트벽으로 감싸여 있었다.

하나, 둘, 셋, 넷…, 열둘.

열둘, 열하나, 열, 아홉…, 하나.

주노는 계단을 오를 때마다 숫자를 되뇌었다. 층계는 앞으로 세나 거꾸로 세나 모두 12개였다. 그녀는 벌써 일곱 번째로 층계를 오르고 있었다. 건물 층수로 따지면 3층 높이를 올라온 것이다. 그런데도 옥상 문은 나타날 기미가 보이지 않았다.

주노는 제자리에 멈춰 서서 헛구역질을 했다. 끈끈한 침을 토해낸 그녀는 멍하니 초등학교 때 들었던 괴담에 대해 떠올렸다. 옥상 문 앞에는 12개의 계단이 있는데, 밤 12시만 되면 13개의 계단이 되어 층계를 오른 사람을 죽음으로 몰아넣는다는 이야기였다.

만약 옥상 앞에 13개의 계단이 놓여 있으면 어떡하지? 나는 또 죽는 건가?

주노는 계단을 올려다보면서 생각했다. 그녀는 이내 피식 웃었다. 만약 실패해서 죽는다 해도 다시 로드해서 마지막 구간을 반복하면 그만이다. 열세 번째 계단을 밟으면 죽을지도 모른다는 생각부터가 게임에 지나치게 몰두하고 있다는 증거였다.

신경 쓰이는 점이 있다면 계단을 올랐을 때부터 PD의 연락이 들어오지 않는다는 것이었다. 이놈의 PD가 무슨 꿍꿍이속인지 그녀로서는 알 수가 없다. 지금은 일단 무소식이 희소식이라는 속담을 믿을 수밖에 없었다.

아홉 번째로 층계를 오르자 마침내 녹이 잔뜩 슬

고 페인트가 벗겨진 철문이 보였다. 주노는 마지막 계단을 올라갔다.

열둘.

그녀가 숫자 세기를 마쳤다.

열세 번째 계단 같은 건 어디에도 없었다.

주노는 다시 헛웃음을 지었다. 사람이 너무 긴장을 하면 오히려 웃음이 나온다는데 지금이 딱 그랬다. 미친 사람처럼 웃음을 참을 수가 없었다. 자신은 수십 번의 죽음을 맞이하고 손발이 뜯기는 고통을 참아가며 여기까지 왔는데, 지금까지 해왔던 모든 일이 그저 게임일 뿐이라는 사실이 우스워 견딜 수가 없는 것이다.

주노는 옥상 문손잡이를 잡고 힘껏 돌렸다. 문을 열자마자 비바람이 쏟아져 들어왔다. 그녀는 옥상 밖으로 나가자마자 흠뻑 젖은 생쥐 꼴이 되었다. 그럼에도 불구하고 옥상 난간에 위태롭게 앉아 있는 아영의 뒷모습만은 선명하게 보였다.

"아영아!"

주노가 그녀를 불렀지만, 억수같이 쏟아지는 빗소

리에 막혀 거의 전해지지 않았다.

"아영아, 제발 그러지 마!"

주노는 아영을 향해 천천히 다가갔다.

"그때는 널 막지 못했지만 지금은 달라."

그녀가 말했다.

"널 구하러 왔어."

주노의 눈시울이 붉어졌다. 가슴속에서 무언가 뜨거운 것이 치받혀 올라왔다.

지난 8년간 수도 없이 이날을 그려왔다. 게임 속에서나마 과거를 바로잡고 싶은 마음이 욕심이라면, 주노는 얼마든지 사람들에게 비난받아도 상관없었다.

아영은 고개를 숙인 채 까마득한 아래를 내려다보고 있었다. 아스팔트 바닥은 지옥으로 향하는 낭떠러지처럼 보였다. 주노는 떨리는 손으로 아영의 어깨를 잡았다. 시체를 잡은 것처럼 소름이 끼쳤지만 그녀는 손을 떼어내지 않았다.

"아영아. 이제 돌아가자."

주노는 어느새 눈물을 흘리고 있었다.

"나랑 같이…."

그녀의 말에 아영은 푹 젖은 머리를 들어 뒤를 돌아보았다. 주노는 드디어 아영의 얼굴을 볼 수 있을 거라는 기대감에 눈을 떼지 못했다.

주노는 얼음 동상처럼 굳어버렸다.

아영은 고등학생 때의 주노와 똑같은 외모를 가지고 있었다.

하얀 피부에 검은 생머리. 강아지처럼 큰 눈과 오뚝한 코. 파랗게 질린 뺨과 입술. 비에 젖어 더욱 애처롭게 보이는 얼굴.

아영은 주노가 뭘 어떻게 할 새도 없이 그녀의 손을 뿌리치고는 그대로 허공에 몸을 던졌다.

곧이어 몸뚱어리가 땅바닥에 세게 부딪히는 소리가 들려왔다.

주노는 전신을 부들부들 떨었다. 차마 아래를 내려다볼 엄두가 나지 않았다.

아영이 다시 죽음을 맞이하자 게임의 배경도 삽시간에 뒤바뀌었다.

끝없이 쏟아지던 비가 수도꼭지를 잠근 것처럼 뚝 그치고, 하늘 또한 언제 태풍이 불었느냐는 듯이 맑

아졌다.

주노는 선선한 바람이 불어오는 저녁 무렵의 옥상 한가운데에 서 있었다.

비에 폭 젖었던 몸은 어느새 말라 있었다. 전신을 뒤덮고 있던 상처도 깨끗이 사라진 지 오래였다.

갑작스러운 변화가 의미하는 바는 하나뿐이었다.

이번 회차는 실패다.

아무리 생각해도 어디서부터 잘못되었는지 알 수가 없었다. 더욱 끔찍한 것은, 이제 그녀 스스로 게임을 끝낼 수 없게 되었다는 것이다.

신호음이 울렸다. 주노는 또다시 시청자들의 욕설을 읽어야 한다는 생각에 한숨을 폭 내쉬었다.

그런데 그녀의 예상과 달리 채팅창의 분위기는 이전과 달라져 있었다.

ㄴ뭐야? 방송국이 어떻게 됐다고?

ㄴ50명이 대피했다는데. 심각하네, 이거.

주노는 눈을 동그랗게 떴다. 방송국에 어떤 문제가 생겼다는 이야기였다. 그녀가 당황하건 말건 의미 모를 채팅은 끊임없이 이어졌다.

ㄴ지금 앰뷸런스 온 거지?

ㄴWGN 개국 1주년 만에 문 닫게 생겼네. 불쌍하
다.ㅜㅜ

ㄴ누가 죽었다는 거야? 설명 좀 해줘.

ㄴ연기가 엄청 나네.ㅜㅜㅜ 나 무서워서 앞으로 VR
게임 못 할 듯….

시청자들이 무슨 말을 하는지 도무지 알 수가 없
었다. 앞 내용을 읽어보려 해도 초당 수백 개가 넘는
메시지가 쏟아지는 바람에 스크롤을 밀어 올리는
것이 불가능했다. 주노는 PD에게 음성메시지를 보
냈다.

"PD님! 사고가 났다고 하는데 이게 무슨 소리예
요? 지금 방송 진행되고 있는 거 맞아요?"

주노가 소리를 질렀지만 대답은 돌아오지 않았다.

그녀는 스마트워치를 이리저리 조작해보았지만
기계는 도리어 멈춰버리고 말았다. PD의 지시도, 시
끄럽게 떠들어대던 시청자들의 채팅도, 방청객들의
환호성도 더 이상 들려오지 않았다. 이상한 일은 그
뿐이 아니었다. 게임이 실패로 끝났다면 주노는 진

즉에 이전 세이브 파일로 돌아가 있어야 했다. 만약 시청자들의 말대로 방송 중 사고가 났다면 스태프들이 그녀를 깨워 대피시켰을 것이다. 그런데 자신은 지금까지 아무런 이상도 느끼지 못하지 않았는가?

등골이 오싹해졌다. 생명체가 없는 외계 행성에 홀로 남은 것 같은 공포감이 밀려왔다. 어떻게든 이곳을 벗어나야 했다. 하지만 도대체 어떻게? 주노는 엄지손톱을 질겅질겅 씹으며 눈알을 굴렸다. 옥상은 텅 비어 있었다. 계단으로 향하는 문도 막혀버렸다. 누군가가 이토록 간절하게 그리운 순간은 지금까지 경험해본 적이 없었다.

게임을 끝내려면 새로운 전환점이 필요했다. 엔딩으로 향하는 길을 안내해줄 NPC(Non Player Character)가 말이다. 그러나 지금까지 등장한 NPC는 한 명밖에 없었다.

주노가 그녀를 떠올리던 찰나, 뒤에서 문이 열리는 소리가 들렸다.

그럼 그렇지, 게임에 NPC가 없어서야 말이 되겠는가. NPC는 여느 게임들처럼 플레이어에게 새로운 스토리와 진행 방향을 제시해줄 것이다. 주노는 구세주의 발소리를 들은 것처럼 환희에 찬 얼굴로 뒤를 돌아보았다.

"미안하지만 틀렸어."

NPC, 아니 옥상으로 올라온 신지수가 말했다.

"이건 게임이 아니야."


멀리서 매미 울음소리가 들려왔다. 교정은 온통 부드러운 연어 빛으로 물들어 있었다. 불어오는 바람이 땀에 젖은 살갗을 식혔다.

늦여름의 낙조였다.

"그래도 오늘은 시간이 많이 단축되었어."

신지수는 손부채를 만들어 눈을 가리고는 서쪽 하늘에 걸린 태양을 바라보았다.

"처음 네가 이 짓을 시작했을 때는 옥상까지 오는데 2박 3일이 걸렸지."

"아까 분명히 당신한테서 도망쳤는데."

주노가 허탈한 표정으로 말했다.

신지수는 다정한 얼굴로 웃었다.

"우리는 여기서 100번도 넘게 만났어."

신지수는 뒷짐을 진 채 천천히 주노 앞으로 다가왔다.

"하지만 아무것도 달라진 건 없었지."

"말도 안 되는 소리 말아요."

주노는 주춤주춤 뒤로 물러섰다.

"내가 게임 리로드를 100번이나 했단 말이에요? 만약 그랬다면 그 전에 PD가 나를 죽였을 거예요!"

"말귀를 못 알아듣는구나. 이건 게임이나 방송이 아니라니까."

"그럼 뭔데요? 죽었다가 살아나고, 다시 스토리를 진행하고, 시청자들이 내 모습을 지켜보는 것이 게임이 아니면 대체 뭐냔 말이에요."

"네 머릿속."

신지수는 주노의 눈을 똑바로 응시하며 말했다.

"정확히 말하자면 '혼수상태에 빠진 너의 뇌 속'이지. 이번에는 제발 한 번에 알아들었으면 좋겠구나."

주노는 잠시 신지수의 홀로그램다운 매끈한 얼굴을 응시하더니 이윽고 배를 잡고 웃기 시작했다. 곧

배가 당기고 옆구리가 아파 왔다. 한참을 폭소하던 주노는 눈물까지 훔치며 신지수에게 말했다.

"당신 너무 웃긴다. 나 방금 소름 돋았잖아. IOM 2 는 참 대단한 게임이야. 공포 장르에서 코미디까지 다 나오고."

"…."

"그런데 어이없는 게 뭔지 알아? 여기서 당신 말을 믿을 사람은 아무도 없다는 거야! 당신은 사람이 아니라 NPC야. 컴퓨터에 입력된 대사 말고 다른 말은 못 하는 캐릭터일 뿐이라고!"

주노는 신지수를 손가락질하며 한껏 비웃는 표정을 지어 보였다. 고등학교 시절 그녀는 신지수 앞에서 고개도 제대로 들지 못했다. 담임은 자신을 인정해준 적이 없었다. 준오가 백일장에서 상을 받아도, 열심히 공부해 성적을 올려도 미소조차 지어주지 않았다. 아영이 준오의 글을 비슷하게 따라 썼다는 이유만으로 두 사람의 상을 박탈하기까지 했다. 그때 담임은 울며불며 사정하던 준오를 세상에서 가장 불쌍한 무지렁이 보듯 내려다봤다.

마치 지금처럼.

"다행이야. 적어도 울지는 않아서."

그렇게 말하는 신지수의 얼굴은 조금도 다행처럼 보이지 않았다.

"이 게임을 107번이나 반복하는 동안 내가 진실을 얘기했을 때 너의 반응은 셋 중 하나였어. 웃거나, 울거나, 아니면 멍하니 있거나. 이번에는 웃는 쪽이라 성가시지 않아서 좋네."

"내가 IOM 2를 107번이나 플레이했다고?"

주노는 이제 기가 막혀 웃음도 나오지 않았다.

"난 오늘 IOM 2를 처음 해봤어!"

"오늘이 며칠인지는 알고 있어?"

"그야 8월 18일이지. WGN 방송국 개국일이니까!"

"오늘 무슨 일이 있었는지는 기억해?"

"당연한 거 아냐?"

"그럼 지금 말해봐."

신지수가 다시 주노에게 다가왔다. 주노는 아침부터 있었던 일을 차근차근 떠올려보려 했다. 방송국에 오자마자 PD가 대기실로 들어와 주의사항을 전

달했다. 스튜디오로 나가자 팬들이 몇 명 있었다. 오
렌지 주스가 있어 한 모금 마셨다…. 아니, 이건 있을
수 없는 일이다. 그녀는 설탕이 잔뜩 들어간 주스는
마시지 않는다. 주노는 다시 정신을 집중했다.

마치 몇 달 전에 본 드라마를 떠올리는 것처럼 두
서없는 삽화들만 기억날 뿐이었다.

"왜 그러지?"

신지수가 물었다.

"설마 아무것도 기억나지 않는 건 아니겠지?"

"내가 왜 그걸 당신한테 얘기해줘야 하지?"

주노는 불퉁한 얼굴로 쏘아붙였다. 신지수는 한숨
을 푹 내쉬었다.

"역시 회차를 거듭할수록 퇴화하고 있구나."

뜻 모를 말에 주노는 울화가 치밀었다. NPC와의
선문답 따위에 낭비할 시간 따윈 없었다. 그녀는 다
시 시계를 두드리며 PD를 불렀다.

"PD님! 들리면 대답해주세요! 저 이제 게임 못 하
겠다니까요? PD님!"

"지금 뭐 하는 거야?"

신지수가 황당하다는 표정으로 그녀를 쳐다봤다. 주노는 그녀를 무시하고 계속 시계를 두드렸다.

"언제까지 그 깡통을 두드릴 셈이야?"

"시끄러워!"

주노가 히스테릭하게 소리를 질렀다.

그러자 손목에 찬 스마트워치가 온데간데없이 사라졌다.

주노는 경악했다. 그녀는 정신없이 바닥을 둘러보다가 혹시나 하는 마음에 주머니까지 뒤져보았다. 하지만 어디에도 없었다.

그녀를 현실과 이어주는 통로가 완전히 사라진 것이다.

"그동안 뭔가 이상하다고 느낀 적은 없었어?"

넋이 나간 주노를 대신해 신지수가 입을 열었다.

"기억이 사라진다거나, 외부와의 통신이 끊어진다거나, 갑자기 몸이 아프다거나. 그 밖에도 꽤 많은 일들이 있었을 텐데?"

사실 짐작 가는 데가 있었지만 주노는 일단 부정부터 했다.

"아니, 없는데?"

"또 거짓말을 하는구나."

"난 거짓말한 적 없어."

"아니. 넌 오늘 무슨 일이 일어났는지 알고 있어."

그랬다. 주노는 그것을 떠올린 지 오래였다. 다만 입 밖으로 꺼낼 수 없을 뿐이었다.

신지수는 어느새 아영이 뛰어내린 난간 옆에 서 있었다.

"8년 전 8월 18일. 네 친구 백아영이 이곳에서 자살했지."

그녀는 난간 밖으로 상체를 길게 내밀어 교정을 굽어보았다.

"그로부터 8년 뒤, 넌 방송국에서 신작 VR 게임을 하던 중 기계 오작동으로 혼수상태에 빠졌어."

신지수는 다시 몸을 돌려 주노를 바라보았다.

주노는 어느새 코피를 줄줄 흘리고 있었다.

그녀가 흘린 코피가 옷자락을 적시고 바닥으로 뚝 뚝 떨어졌다. 손을 들어 콧구멍을 막고 피 묻은 옷을 닦아보려 했지만 소용없었다. 곧 그녀의 귀에서도 굵은 피가 흘러나왔다. 주노는 자기 몸에서 솟구쳐 나오는 피를 천치처럼 내려다볼 수밖에 없었다.

"방송 중 전류가 지나치게 많이 사용된 탓이었을 거야. 기계 정비를 게을리한 방송국의 과실이었지. 네 의식을 게임에 연결한 헤드기어의 전자기파가 멋대로 폭주하기 시작했고, 그 밖에도 여러 기술적인 문제가 겹쳐서….'

주노는 방송을 시작하기 전 게임 기기 정비로 분주했던 스태프가 했던 말을 떠올렸다.


*글쎄요. 스튜디오 화면과 게임 캡슐 연결에 조금 오류가 생겼다는데요. 금방 해결될 테니 걱정하실 필요는 없습니다.*


"화재가 나자 방송국은 아수라장이 됐어. 구조대가 너를 간신히 밖으로 데리고 나왔지만, 불행히도 넌 깨어나지 못했지. 너는 지금도 VR 게임기에 연결된 상태로 '잠자는 숲속의 공주'처럼 누워 있어. 현재 네 신체에서 살아남아 있는 부분은 전두엽과 측두

엽, 그리고 연수뿐이야."

"말도… 안 돼."

주노는 울컥 선지피를 토해냈다.

"대체, 언제부터."

"네가 처음으로 흰 까마귀를 보았을 때."

신지수는 파마머리를 돌돌 말았다 풀기를 반복
했다.

"그 대목이 너희 게이머들이 말하는 속칭 '엔딩 분
기점(分岐點)'이었단다. 어때, 이제 설명이 좀 되었
니?"

설명이 되었을 리가 없었다. 주노는 목과 척추가
연결된 부위를 누군가 예리한 쇠꼬챙이로 찌르는 듯
한 통증을 느꼈다. 그녀는 덜덜 떨리는 손으로 목 뒤
를 만졌다. 화상을 입어 부풀어 오른 상처가 손끝에
잡혔다. 그녀는 피 웅덩이 위로 무릎을 꿇었다. 신지
수는 가만히 서서 그녀를 쳐다보았다.

"넌 지금 죽어가고 있어."

그녀는 감정이 실려 있지 않은 목소리로 말했다.

"의사들은 지난 석 달 동안 너를 깨우기 위해 온갖

방법을 다 사용했어. 그런데 넌 번번이 그 기회를 날려버렸지."

"당신이, 내게 무슨 기회를 줬다는 거야?"

주노는 숨을 헐떡이며 말했다. 신지수는 이맛살을 찌푸렸다.

"비록 혼수상태에 빠졌지만 너의 뇌는 여전히 자신이 게임을 하고 있다고 인식하고 있지. 몇 번이고 방송을 시작했던 날로 되돌아가면서 말이야. 의사들은 네 뇌가 아직 게임기에 연결되어 있다는 점에 착안해 색다른 발상을 내놓았어."

신지수는 집게손가락으로 관자놀이를 두드렸다.

"네 머릿속에서 진행되고 있는 게임이 완벽히 끝난다면, 넌 스스로 혼수상태에서 깨어날지도 모른다고 말이야."

의사들은 프로그래머들의 협력을 얻어 VR 게임기에 새로운 캐릭터를 집어넣었다. '선생님'은 주노의 무의식 속에서 게임을 끝내도록 인도할 안내자 역할이었다. 의사들은 새로운 시도가 성공을 거두기를 기대했지만, 정작 프로그래머들도 새로운 캐릭터가 게임 속에서 어떤 역할을 할지 전혀 예상하지 못했다.

"내가 네 고등학교 담임선생인 신지수가 된 것도, 자살한 백아영이 게임의 최종 목표가 된 것도 모두 네 무의식 때문이었어. 난 최대한 너를 돕기 위해 애썼지만 결과는… 굳이 말하지 않아도 알겠지?"

"나를 도와주는 캐릭터라고?"

그녀는 신지수를 있는 힘껏 노려보았다.

"웃기는 소리 마. 당신이 날 몇 번이나 죽였는지 기억 안 나?"

"나는 항상 너를 올바른 엔딩으로 안내했어. 하지만 넌 마지막 순간마다 잘못된 선택을 했지. 알다시피 플레이어의 최종 선택에 NPC는 관여할 수가 없거든."

주노는 여전히 신지수를 노려보고만 있었다. 신지수는 깊은 한숨을 내쉬었다.

"오늘도 실패하면 의사들도 결단을 내릴 수밖에 없을 거야."

"결단이라니, 무슨, 뜻이야?"

"생명유지장치를 떼어내는 것."

신지수가 대답했다.

"내일이면 보호자 동의서에 사인을 받게 될 거야."

그 말을 들은 주노는 퓨즈가 끊긴 것처럼 의식을 잃었다.


주노는 의식과 무의식 사이에서 헤엄치는 물고기가 되었다.

물고기는 지느러미를 이리저리 흔들며 기억을 나누는 경계선 사이를 헤집고 들어갔다.

준오의 아버지는 그녀의 이름을 남자아이처럼 지었다. 이유는 단순했다. 딸이 아닌 아들을 원했기 때문이다. 애초에 아버지는 가정을 실수로 갇혀버린 감옥처럼 취급했다. 그는 준오가 초등학생이었을 때 집을 나갔고, 두 번 다시 돌아오지 않았다.

준오는 자신의 이름을 좋아한 적이 없었다.

단 한 번도.

"난 네 이름이 멋있다고 생각해."

친구 백아영이 말했다. 두 사람은 초등학교 4학년 때 같은 반이 되면서 처음 만났다. 같은 동네에 살았기 때문에 가끔 함께 집에 가곤 했다.

"널 사랑하는 아빠가 지어주신 거잖아. 다른 아이들이 놀린다고 해서 너까지 네 이름을 부끄럽게 생각하면 안 돼."

아영은 외모는 예쁘장했지만 가정 형편은 좋지 못했다. 성격 또한 극도로 내성적이어서 친해지기 전까지는 말 한마디도 먼저 안 하는 것으로 유명했다. 그러면서도 가끔 주제넘은 충고를 하곤 했기 때문에 아이들에게 인기가 없었다.

골목 모퉁이를 돌아가자마자 아영을 마중하러 나온 그녀의 아버지가 보였다. 아영은 아버지에게 달려가 볼에 뽀뽀를 하고 넓찍한 품에 안겼다. 아영의 아버지는 준오에게 아영과 친하게 지내줘서 고맙다며 꼬깃꼬깃한 오천 원짜리 지폐를 용돈으로 주었다. 준오는 얌전히 돈을 받고 돌아섰다.

준오는 집 근처 시궁창에서 지폐를 조각조각 찢어서 하수구에 버렸다.


"우리 아빠는 회사 일 때문에 아르헨티나로 가셨

어. 가끔씩 선물을 보내시는데 다 내가 싫어하는 것들뿐이야. 얼마 전에도 곰 인형을 선물로 보내더라니까? 난 벌써 5학년인데 말이야."

"너희 아빠 참 대단하시다. 그런데 아르헨티나는 어디에 있는 나라야?"

"굉장히 더운 나라래."

준오는 아영에게 대꾸하면서 머릿속에 있는 메모장에 이번 이야기의 허점을 기록했다. 미국이나 일본 같은 나라는 아이들이 잘 알고 있어서 거짓말이 들통나기 쉽다. 그래서 아이들에게 생소한 아르헨티나를 내세운 것인데, 아영이 이런 질문을 해 올 거라고는 미처 예상하지 못했다.

"엄마가 제대로 얘기해주지 않아서 나는 잘 몰라."

"그렇구나."

아영은 고개를 끄덕이고 입을 다물었다. 준오는 다음부터 제대로 된 증거물을 들고 와 반 친구들에게 보여줘야겠다고 생각했다.


준오는 초등학교 전교 백일장에서 1등상을 받았

다. 아영은 장려상을 받았기 때문에 시상대에 오르지 못했다. 준오는 교장에게 직접 상을 받은 뒤 아영을 바라봤다. 그녀는 웃으면서 손뼉을 치고 있었다.

글짓기는 평소에도 말을 잘 꾸며내는 사람이 유리하게 되어 있다.

아영은 지금까지 자신이 하는 거짓말을 한 차례도 눈치채지 못했다. 아무리 예쁘고 똑똑한 아이라 해도 모자란 점 하나쯤은 있는 법이다.

단상에서 내려온 준오는 아영의 축하 인사를 받았다. 준오는 이번에 운이 좋았을 뿐이라며 짐짓 겸손한 척했다.

상장을 들고 집으로 돌아온 그녀는 혼자 밥을 차려 먹었다. 일을 하러 나간 외할머니는 밤늦도록 돌아오지 않았다.


두 사람은 다른 중학교로 진학했다. 중학생이 되어 영악해진 아이들에게 준오의 어설픈 거짓말은 더 이상 통하지 않았다. 준오는 학교에서 철저히 짓밟히고 고립되면서 교훈을 얻었다.

거짓말을 진실로 만들기 위해서는 내가 거짓말을 하고 있다는 사실마저 잊어버려야 한다는 것을.


준오는 고등학생이 되어 아영과 다시 만났다. 그녀는 어린 시절보다 더 아름다운 모습으로 성장해 있었다. 하지만 그녀의 낯가림은 더욱 심해진 상태였다. 아영은 오랜만에 만난 준오도 본체만체했다. 준오는 예상치 못한 그녀의 변화에 몹시 놀랐다.

"백아영 쟤, 중학교 때 잘나가는 남자애들 사이에서 양다리 걸치다가 친구 남친도 빼앗았잖아."

아영과 같은 중학교를 졸업한 여학생이 말했다.

"그래서 거의 1년 넘게 전교 왕따였어."

그럼에도 준오는 아영과 이름표를 바꾸었다.

그때는 중고등학교 여학생 사이에서 서로의 이름표를 바꿔 다는 것이 진실한 우정의 증표였다. 준오도 중학교 때 왕따를 당했고, 나이가 들어도 과거의 경험에서 벗어나지 못했다는 점에서 아영과 비슷했다. 그녀에게 있어 소문의 진실 여부는 중요하지 않았다. 아영이 예전처럼 자신의 말을 믿어주는 한.

아영은 여전히 아이들이 자신을 싫어하는 이유를 모르고 있었다. 어른들은 아영을 예쁘고 착한 데다 글도 잘 쓰는 문학소녀라고 말했다. 반면 아이들은 그녀가 남자들의 관심을 끌기 위해 일부러 연약한 척, 착한 척을 한다고 생각했다.

그러나 아영의 모습은 계산이 아니라 천성이었다. 준오는 아영을 보며 거짓말도 공부나 운동에 대한 재능처럼 타고나야 한다는 것을 깨달았다.

준오의 가슴에는 '백아영'이라고 쓰인 이름표가 매달렸다. 그녀는 아영에게 자신의 이름표를 건네주며 말했다.

"앞으로 무슨 일이 있어도 너는 내 친구야. 그러니까 너도 날 믿어줘야 해. 알았지?"

아영의 눈시울이 순식간에 붉어졌다. 그녀는 울면서 거듭 약속했다.

앞으로 무슨 일이 일어난다 해도 준오의 말을 믿겠다고 말이다.


어느 날 조례 시간에 담임인 신지수가 말했다.

"아영이와 준오는 날이 갈수록 더 닮아가는구나. 마치 쌍둥이처럼 말이야."

두 사람을 향해 반 아이들의 시선이 쏠렸다. 준오는 의기양양하게 턱을 치켜들었다.

그녀는 아영을 따라 등허리까지 머리를 길렀고 미백 화장품을 발랐다. 작은 키를 늘일 수는 없었기에 일부러 굽이 높은 신발을 신었다. 살을 빼기 위해 사흘씩 급식을 건너뛰고 매일 줄넘기를 천 개씩 뛰었다. 아영의 말투와 목소리, 심지어는 웃을 때 손으로 입을 가리는 모습까지 따라 했다.

그렇지만 준오가 유일하게 아영을 따라잡지 못하는 부분이 있었다.

초등학교 시절에는 두 사람이 글짓기로 순위를 다투었지만 고등학교에서는 상황이 역전되었다. 준오의 글은 더 이상 선생님들의 관심을 끌지 못했다. 아영은 꾸밈없는 단순한 어휘만으로도 사람들에게 열화와 같은 반응을 얻어냈다. 준오는 유일한 재주인 글짓기마저 아영에게 빼앗겼다는 열등감에 시달렸다.

준오는 아영에게 글짓기 노하우를 알려달라며 매

달렸다. 아영은 딱히 노하우라고 할 만한 게 없다며 난색을 표했지만 준오는 끈질겼다. 아영은 어쩔 수 없이 그녀가 쓴 글에서 부족한 점을 짚어주었다.

"네 글을 보면 마치 꿈을 꾸는 것 같아. 현실은 비참한데 억지로 그쪽을 보지 않으려고 애쓰는 느낌이랄까. 성냥팔이 소녀가 성냥을 계속 그으며 환상을 찾아도 결국 현실은 추운 겨울밤일 뿐이잖아. 독자들은 그 점을 본능적으로 알아볼 수 있어."

그 말인즉슨 준오는 글을 통해 꾸준히 진실에서 도피하고 있다는 뜻이었다. 준오는 온몸의 털이 곤두설 정도로 화가 났지만, 순진한 얼굴로 바라보는 아영에게 차마 퍼부어댈 수는 없었다.

"그래. 네 말이 맞는 것 같아."

준오는 일단 화를 접어두기로 했다. 아영의 건방진 태도에 분노하는 것보다 당장 상을 받는 게 더 중요했다.

다음 교내 대회에서 준오는 아영의 뒤를 이어 2등상을 받았다. 아영은 준오의 수상을 축하해주었지만 그녀는 들은 체도 하지 않았다.

이번에는 모자랐지만 앞으로 조금만 더 하면 아영을 따라잡을 수 있을 것이다.


쌍둥이는 2학년에도 같은 반이 되었다. 아영은 준오가 있어 안심이라고 말해왔지만 정작 그녀의 생각은 달랐다.

학년이 바뀌자 요즘 부쩍 예뻐진 준오에게 관심을 보이는 친구들이 많아졌다. 준오가 다른 친구들과 어울리기 시작하자 아영은 자연히 뒷전이 되었다.

"오늘 점심 같이 못 먹은 건 미안하다고 했잖아. 다른 애들이 자꾸 같이 먹자고 해서 나도 어쩔 수 없었단 말이야."

"그건 알아. 하지만 미리 말해줬으면 좋았을 텐데…."

"그래. 내가 미리 말 못 한 거 정말 미안해. 그렇지만 너도 오늘 같은 날에는 무작정 나만 기다리지 말고 다른 친구랑 같이 밥을 먹든가 했어야지. 그 정도 융통성은 있어야 할 거 아냐?"

물론 준오는 그녀에게 다른 친구가 없다는 것을

알고 있었다. 아영은 입술을 짓씹은 채 아무 말도 하지 않았다. 그때 준오는 뇌리를 스치는 생각에 전율했다.

아영은 더 이상 예전처럼 예뻐 보이지 않았다.

그러던 중 백일장 사건이 터졌다.

신지수는 준오를 교무실로 불러 쌍둥이가 서로 글을 베껴 쓴 것이 아닌지 물어보았다. 준오는 아영이 자신의 이야기에 영향을 받았을지도 모른다고 둘러대 표절 혐의를 피했다. 그러나 신지수는 준오와 아영 모두 수상자 목록에서 탈락시켰다.

대학 진학과 직접적으로 연결된 중요한 상이었기에 준오의 충격은 이루 말할 수가 없었다. 그러나 더욱 참을 수 없는 것은 아영의 의심이었다.

"아니라니까 몇 번을 말해? 내가 왜 일부러 네 글을 베꼈겠어? 네 엄마 이야기를 나도 모르게 기억해서 그렇게 된 거라고 했잖아!"

"왜 담임 앞에서 내가 네 글을 베낀 것처럼 말씀드린 거야?"

"아니야. 난 오히려 네 편을 들어주었단 말이야. 네가 절대 내 글을 베낄 리가 없다고 했어. 그런데 담임이 혼자 오해를 해서는 우리 둘 모두에게 잘못이 있다고 설교를 하는데…!"

한창 말다툼을 하던 중 아영의 시선이 준오의 가슴팍으로 향했다.

그녀의 옷에 달려 있어야 할 아영의 이름표가 없어진 것이었다.

"학주가 뭐라고 해서 어쩔 수 없이 뗐어."

준오는 신경질적으로 말했다.

"유행도 다 지났잖아. 이제 우리 학교에 절친 이름표를 달고 다니는 애들은 아무도 없다고."

아영은 자신의 가슴에 달린 준오의 이름표를 만지작거렸다.

"…미안해. 난 몰랐어."

그녀가 말했다.


물고기는 주노의 마지막 기억이 저장되어 있는 거대한 울타리 안으로 헤엄쳐 들어갔다.

준오에게 옆 학교 남학생의 데이트 신청이 들어온 날, 그녀는 뛸 듯이 기뻐하다가 이내 급격한 실망에 빠져들었다.

그가 데이트를 신청한 상대는 준오가 아닌 아영이 었기 때문이다.

준오는 쉽게 미니 홈페이지 이웃을 모으기 위해 아영의 사진을 프로필에 올려놓았다. 아영은 계정을 관리하지 않았기 때문에 준오가 그녀의 홈페이지를 대신 맡아 운영하고 있었다.

"미안해, 아영아. 딱 한 번만 나가주라. 친구 좋다 는 게 뭐니?"

"그렇지만 홈페이지 운영자는 너잖아. 그 남자와 계속 채팅한 사람도 너고."

"그건 상관없어. 걔가 데이트하고 싶어 하는 여자 는 너야. 넌 예쁘게 생겼으니까."

"내가 예쁘다고?"

아영은 이해할 수 없다는 표정을 지었다. 준오는 또다시 속이 메스꺼워졌다.

"어쨌든 이번 일만 잘 끝내면 내가 지금까지 빌려

간 돈도 다 갚고, 아무튼 절대 은혜 잊지 않을게. 친구 소원 좀 들어주라. 응?"

아영은 대답 대신 가슴에 매달린 준오의 이름표를 매만졌다. 그녀는 아직도 그것을 떼지 않고 있었다.

"알았어. 이번이 마지막이야."

그녀가 말했다.


그리고 다음 날부터 아영은 학교에 나오지 않았다.

일주일도 되지 않아 학교에 이상한 소문이 돌았다.

아영은 친구 준오가 짝사랑해왔던 남자와 데이트를 즐겼다. 심지어 그들은 만난 지 하루 만에 모텔촌으로 들어가기까지 했다. 누가 그것을 보았는지 아는 사람은 아무도 없었다. 그러나 정체 모를 목격자는 아영의 부정을 확실시하는 결정적 증거가 되었다.

준오는 어느새 악녀에게 남자를 빼앗긴 드라마 여주인공이 되어 있었다. 아이들은 그녀에게 몰려와 소문의 진상을 요구했다.

그때 그녀는 연락이 끊긴 아영에게 몹시 화가 나 있었다. 아영에게 데이트를 대신 나가달라 부탁한

건 어디까지나 거짓말을 감추기 위해서였다. 그런데 아영은 중학교 때 버릇을 고치지 못하고 또다시 친구의 남자에게 꼬리를 친 것이다.

도저히 용서할 수 없다.

준오는 생각했다.

그녀는 아이들에게 소문의 대부분이 사실이라고 말했다. 자신이 아영의 사진을 멋대로 홈페이지에 게시해놓고 남학생과 지속적으로 채팅을 해왔다는 사실은 불필요한 사족이었다. 아이들은 원하는 진실을 얻고 돌아간 다음 제멋대로 입방아를 찧어댔다.

아영은 열흘 만에 다시 등교했다. 그러자 1학년 초와는 비교도 되지 않을 만큼 교묘하고 악질적인 따돌림이 이어졌다. 그녀의 미니 홈페이지는 대번에 욕설로 뒤덮였다. 학생들만 들어갈 수 있는 인터넷 게시판에는 아영의 이니셜을 제목으로 한 음란한 루머가 하루가 멀다 하고 올라왔다. 준오는 더 이상 아영의 홈페이지를 관리하지 않았고, 학교에서 그녀를 만나도 아는 척하지 않았다.

그녀는 적어도 아영을 괴롭히는 무리에는 끼어들

지 않았지만, 그저 모두 내버려두었다.

여름방학이 시작되어 아영과 학교에서 마주하지 않게 될 때까지.


준오는 노래방에 앉아 책을 뒤적이고 있었다. 거리에서 사귄 친구가 마이크를 붙잡고 악을 쓰고 있었다. 탁자 위에 올려놓은 휴대폰이 불빛을 내며 진동했다. 발신자 이름을 본 그녀는 황급히 휴대폰을 낚아챈 다음 복도로 빠져나왔다.

"아, 아영이니?"

준오가 물었다.

"…준오야."

아영이 잔뜩 잠긴 목소리로 말했다.

"…네가 했니?"

복도에 누구라도 지나가주기를 바랐다. 혹시 친구들 중 누군가 자신을 걱정하여 뒤쫓아 나오지는 않을까. 그렇다면 적당히 핑계를 대며 전화를 끊을 수 있을 텐데. 그러나 노래방에서는 쿵쿵거리는 반주 소리만 들려왔다.

"무슨 소리야?"

준오는 말을 더듬지 않기 위해 숨을 골랐다.

"내가 뭘 했다고?"

"학교에 소문 퍼뜨린 거. 네가 그랬냐고."

"대체 무슨 말인지 모르겠네."

아영은 담담히 설명을 시작했다. 그녀는 잠시 볼 일이 있어 집 밖으로 나왔다가 학교 동급생들과 마주쳤다. 그들은 그녀를 손가락질하며 배신자라고 불렀다. 아영은 그들에게 달려가 이유를 따져 물었다.

그들은 아영에게 모든 이야기를 털어놓았다.

"네가 말했다고 했어. 네가 좋아하던 남자를 내가 빼앗아 갔다고…. 그리고 백일장에서 수상이 취소된 것도 전부 내 탓이라고 말이야."

휴대폰을 든 준오의 손이 바들바들 떨렸다.

"아니야."

"뭐가?"

"방금 네가 한 말, 사실 아니라고."

"그 애들이 네가 학교에서 떠드는 걸 옆에서 들었다고 했어."

"넌 그 말을 믿어? 널 괴롭히는 애들의 말을? 넌 내 친구야. 그럼 내 말을 더 믿어야 하는 거 아냐?"

"친구?"

아영이 되물었다.

"우리가 친구라고?"

준오는 그렇다고 대답하려 했다. 그런데 다른 때와 달리 지금은 자신을 속일 수가 없었다. 거짓말을 하고 있다는 사실을 잊어야 하는데, 도무지 잊히지 않았다. 준오가 가슴속에 품고 있던 진실은 어느새 두드러기처럼 온몸을 뒤덮었다.

나는 너를 친구라고 생각한 적이 없다고.

어린 시절부터 내게 없는 모든 것을 갖고 있는 네가 끔찍하게 싫었다고.

그럼에도 너와 함께 있었던 건, 너에게 거짓말을 인정받을 때마다 느꼈던 만족감 때문이었노라고.

아영은 숨죽여 흐느끼기 시작했다. 수화기 너머에서 바람 소리가 들려왔다. 야외에서 전화를 하고 있는 것 같았다.

"나 화내려는 거 아냐. 네 진심을 듣고 싶어서 이

러는 거야. 제발 대답해줘. 정말 네가 한 짓이 아니
야?"

잠시 아영에게 진실을 말하고 싶은 충동이 일었다.

그러나 준오의 이성은 뒷덜미를 잡아채고 속삭
였다.

진실을 말한 다음을 감당할 수 있겠느냐고.

만약 사실을 털어놓으면 어떻게 될 것인가. 앙심
을 품은 아영이 부모님이나 담임에게 고자질을 할
수도 있었다. 유명 인터넷 게시판에 준오가 지금까
지 했던 짓을 써서 올린다면 그녀는 순식간에 매장
당할 수도 있었다.

하지만 가장 두려운 일은 따로 있다.

진실을 밝히면 자신은 나쁜 사람이 될 것이다.

그녀는 경험을 통해 알고 있었다. 거짓말을 들킨
거짓말쟁이가 다시 신뢰를 얻기 위해서는 거짓말을
해왔던 기간의 두 배 이상을 참말만 말해야 한다. 그
리고 사람들은 거짓말쟁이에게 모욕과 냉대를 형벌
처럼 퍼부을 것이다.

준오는 본능적으로 늘 편히 걷던 길로 방향을 틀

었다.

"아니야."

준오는 진짜 억울한 사람처럼 목소리를 꾸며냈다.

"난 모르는 일이야. 정말이라니까?"

수화기 너머로 잠시 흐느끼는 소리가 들려오더니 전화가 끊어졌다. 준오는 눈앞이 핑 돌아 벽에 등을 기댔다. 이마를 만져보니 땀이 흥건했다. 위기를 넘겼으니 안심이 되어야 하는데, 심장은 이상하게도 자꾸 날뛰었다. 다시 노래방으로 들어가보니 친구들은 벌써 자리를 파할 준비를 하고 있었다. 준오는 친구들이 모두 떠난 뒤에도 오랫동안 집에 돌아가지 못하고 밤거리를 헤맸다.

휴대폰은 끝내 다시 울리지 않았다.

아영의 자살 소식을 들은 것은 다음 날 아침이었다.


깨어난 주노는 바닥에 엎드려 한참을 울었다.

그녀는 온몸을 뒤틀며 깨진 손톱으로 바닥을 긁었다. 눈물은 아무리 흘려도 그치지 않았고, 목에서는 끊임없이 울음소리가 새어 나왔다. 새빨개진 얼굴은 갓난아기처럼 마구 일그러졌다. 눈물과 콧물이 줄줄 흘러 땅 위를 적셨다. 그녀는 쉼 없이 아영의 이름을 부르다, 허공에 대고 용서를 빌다, 다시 양손으로 귀를 막고 고개를 젓기를 반복했다.

신지수는 여전히 옥상 난간에 기댄 채 운동장을 내려다보고 있었다.

두 눈이 녹아버릴 정도로 눈물을 쏟아내던 주노의 울음이 점차 잦아들었다. 신지수는 그녀를 돌아보며 말했다.

"왜 우는 거지?"

주노는 겨우 딸꾹질을 멈추고 대답했다.

"아영이가… 아영이가 죽었어요."

"그런데?"

주노는 다시 왈칵 눈물을 터트렸다.

"전부 다… 나 때문이었어요."

주노는 울음을 토해냈다. 신지수는 눈썹 한 올 까딱이지 않고 그녀를 내려다봤다.

"넌 이미 충분히 대가를 치르지 않았어?"

그녀가 말했다.

"아영이가 멋대로 자살을 했기 때문에 너도 학교에서 왕따를 당했잖아? 게다가 죄책감 때문에 대학에도 가지 못하고 자퇴를 했지. 네가 겪은 일도 아영이가 당한 것보다 더하면 했지 결코 덜하진 않을 거야."

주노는 맥없이 고개를 저었다.

"그렇지 않아요. 그건 단지… 핑계일 뿐이에요."

아영이 당했던 괴롭힘은 죄다 주노에게 옮겨 왔다. 아이들에게 있어 따돌림의 대상은 굳이 아영이 아니라도 상관없었다. 그러나 주노는 자신이 아영 때문에 왕따를 당한다고 생각했다. 그녀는 학교에서 도망쳐 방이라는 단단한 껍질 속에 숨어버렸다. 표면적 원인은 친구의 자살로 인한 충격 때문이었지만 진짜 이유는 따로 있었다.

"잊으려고 했어요. 그런데 전혀 잊히지 않았어요. 그래서 계속해서 이야기를 꾸몄어요. 1학년 때 이름표를 바꿨던 것처럼, 내가 아영이고 아영이가 나인 것처럼. 온종일 공책에 글을 쓰고 또 썼어요. 전부 아영이가 잘못한 거다, 나는 어쩔 수 없었다. 그렇게 생각하는 것 말고는 할 수 있는 게 아무것도 없었단 말이에요. 만약 모두 내 탓이라는 걸 떠올려버리면, 그럼 난…!"

"자살했겠지. 백아영처럼."

신지수가 뒤이어 말했다.

"하지만 넌 그러지 않았어. 훌륭하게 스스로를 속여 넘기고 인터넷 방송인으로 재기에 성공했지. 죽은 친구 이야기는 네 성공 스토리의 핵심 요소가 되었고 말이야. 이 극적인 시련 덕분에 사람들의 인기를 끌어서 고교 자퇴 학력으로는 꿈도 꿀 수 없을 만큼 많은 돈을 만졌지, 아마?"

신지수는 손을 들어 주노의 뒤를 가리켰다. 주노가 돌아보니 어느새 그곳에는 인터넷 방송용 컴퓨터가 덩그러니 놓여 있었다.

그녀의 모습은 모니터를 통해 생중계되고 있었다. 시청자들은 낄낄대며 그녀의 모습을 관람하기 바빴다. 채팅창에선 어서 게임의 결말을 보여주라는 성화가 빗발치고 있었다.

신지수는 그녀의 등 뒤로 다가와 어깨를 감싸 쥐
었다.

"네게는 두 가지 선택권이 있어."

그녀가 주노의 귓가에 대고 말했다.

"하나는 게임에서 빠져나가는 길이고, 다른 하나
는 모든 기억을 잃은 채 처음으로 돌아가는 길이야."

"처음으로 돌아가면… 어떻게 되는데요?"

"다시 게임을 플레이해서 아영을 구해내야지. 이
제 로드 기회는 한 번밖에 남지 않았어. 만약 이번에
도 실패한다면 너는…."

신지수는 말 안 해도 알지 않느냐는 눈빛으로 그
녀를 바라봤다.

주노도 알고 있었다. 내일이 오면 의사들은 그녀
의 몸에 붙어 있는 생명유지장치를 제거할 것이다.
이번에야말로 진정한 죽음이 찾아오는 것이다.

"나는 어떻게 하면 되죠?"

"다시 처음으로 돌아가고 싶다면 저들에게 몸을
바쳐야 해."

신지수가 말했다. 주노는 시끄럽게 울어대는 까마

귀 무리를 쳐다봤다. 어린애만 한 몸집을 가진 거대한 까마귀들이 옥상 난간으로 올라와 있었다. 일순 주노의 뇌리에 구역질 나는 그림이 스쳐 지나갔다.

"설마 몸을 바치라는 게, 내가 저놈들에게 먹혀야 한다는 뜻이에요?"

신지수는 고개를 끄덕였다. 주노는 무릎으로 기어가 그녀의 치맛자락을 붙잡았다.

"싫어요, 절대 안 돼요. 다른 건 다 해도 그건 못 하겠어요. 게임에서처럼 잠깐 어두워졌다가 끝나는 게 아니란 말이에요. 산 채로 뱃가죽이 찢어져본 적 있어요? 자기 머리통이 깨져서 뇌가 쏟아져 나오는 걸 두 눈으로 직접 본 적이 있냐고요. 진짜로 죽을 만큼 아프단 말이야!"

주노가 필사적으로 매달리자 신지수는 마치 양심이 있는 인간처럼, 진심으로 그녀가 가엾다는 듯한 표정을 지었다.

"그래. 이 방법은 싫다고 할 줄 알았어. 넌 방송인 이니까 마무리도 방송으로 짓는 게 마땅하겠지."

주노는 그녀가 무슨 말을 하는지 도통 이해할 수

없었다. 신지수는 다시 설명을 이어갔다.

"지금 의사들과 기술자들이 3D 뇌파 기기를 통해 네 의식을 체크하는 중이야. 즉, 지금 방송을 하면 외부인들이 네 마음을 읽을 수 있다는 얘기지."

"대체 여기서 무슨 방송을 하란 말이에요?"

주노가 황당하다는 듯이 물었다.

"진실을 고백해."

신지수가 대답했다.

"그것만이 네가 게임에서 빠져나갈 수 있는 길이야."

주노는 사형선고를 받은 사람처럼 전신의 핏기가 사라졌다.

"안 돼요. 게임에서라면 얼마든지 털어놓겠지만 이건 실재라면서요? 사람들이 내 마음을 읽을 수 있다면서요? 그런데 어떻게 전부 밝히라고 할 수 있는 거죠? 당신은 어째서 현실이나 꿈속에서나 이토록 잔인한 거예요?"

주노의 눈에서 수도꼭지가 터진 것처럼 굵은 눈물이 쏟아지기 시작했다. 신지수의 미간에는 짙은 고

뇌의 흔적이 어려 있었다.

"…50번째 루프에서 넌 지금과 똑같이 내게 애원했어."

그녀가 말했다.

"넌 처음으로 다시 돌아가는 대신 이전 플레이의 기억만이라도 유지하게 해달라고 빌었지. 나는 진실로 뉘우치고 있다, 이번에야말로 아영이를 구해내겠다. 이렇게 말이야. 난 'NPC가 플레이어의 게임 진행에 끼어들어서는 안 된다'라는 규칙을 어기고 네 기억을 남겨놓았어. 그때 난 네가 정말로 성공할 줄 알았거든."

"제가 왜 실패했던 거죠?"

"넌 마지막 순간에 아영이에게 이렇게 말했어."

*네가 내 진짜 친구라면 나를 위해서 살아줘.*

주노는 전신에 찬물을 뒤집어쓴 것 같았다.

"…그럴 리 없어요."

"아니, 넌 분명 그렇게 말했어."

신지수는 쓰게 웃었다.

"아영이는 그 말을 듣고 또다시 옥상에서 뛰어내렸지. 난 규칙을 어긴 대가로 정상적인 NPC에서 게임 속 괴물로 추락해버렸고 말이야. 이게 다 옛 제자를 가엾게 여긴 탓이 아니고 뭐겠니!"

주노는 넋이 나갔다. 어떤 길을 택하든 그녀를 기다리는 건 거대한 낭떠러지뿐이었다.

마지막 순간 옥상 난간에 올라섰던 아영도 이런 기분이었을까.

주노는 땅거미가 지고 있는 하늘을 올려다보았다. 밤은 이미 바투 다가와 있었다.

주노는 후들거리는 다리에 힘을 줘 자리에서 일어났다. 그녀는 처음 걸음마를 떼는 아기처럼 비칠거리며 옥상 한가운데로 걸어갔다.

"결정은 끝났니?"

신지수가 차분한 목소리로 물었다.

"네."

주노가 말했다.

*

　"자, BJ 주노 씨! 준비되셨으면 시작 버튼을 눌러 주세요!"

　MC를 맡은 아이돌이 외쳤다. 주노는 안경을 쓰고 화면을 뚫어지게 쳐다보았다. 어두컴컴한 화면에서 "Inside Of Mind 2"라는 제목이 기괴하게 일그러지더니 이윽고 한글로 조합되었다.

　　거짓말은 사람을 죽인다. 그다음에 진실이 무슨 소용이 있는가?
　　-프랑스의 작가 에르만(Erman)

　주노는 화면에 떠오른 문구를 뚫어져라 노려보았다.
　그녀는 잠시 생각했다.
　내가 뭔가 중요한 것을 잊어버리고 있는 것은 아닌가?
　그러나 그것이 무엇인지 알 수 없었기에, 그녀는 곧 그 생각을 잊어버렸다.

# 작가의 말

소설가가 되고 싶다고 결심한 것은 20대 초반의 일이다. 지금도 그렇지만 그때도 나는 개인적인 이야기를 굉장히 꺼리는 편이었다. 예전에 미니 홈페이지나 블로그가 전국적으로 유행하던 때에도 거의 손을 댄 적이 없었고, 지금 있는 SNS 계정도 거의 휴면 상태다. 물론 소설가의 모든 작품에는 작가 자신의 이야기가 반영될 수밖에 없다는 것은 알고 있었다. 하지만 20대의 나는 기성 소설과 다른 특별한 작품을 쓸 수 있을 거라 믿었고—새삼 당시의 나를 찾아가 뒤통수를 열 대는 때려주고 싶다—그러기 위해서는 특별한 '소재'를 찾아야 한다고 믿었다.

그러나 시간이 지나 30대로 접어들면서, 나는 지망생 시절 개인적인 이야기를 소설로 쓰려 하지 않았던 이유를 깨닫게 되었다. 왜냐하면 나는 자신을 객관적으로 돌아볼 수 없었고, 나의 개인사나 가치관에 대한 술회는 너무 시시하다고—스스로—생각했기에, 계속 외부에서 소설의 소재와 주제를 찾으려 애를 쓴 것이다.

하지만 어느 순간부터인가, 나는 내 삶을 더 이상 평범하거나 시시하다고 생각하지 않게 되었다. 인생에 극적 이벤트나 새로운 만남이 없어도, 내가 사랑하는 사람들과 함께 좋아하는 일을 하면서 살아간다는 것 자체가 이미 특별한 삶이라는 걸 깨달은 것이다. 일단 나 자신을 긍정하게 되자 내가 쓰는 이야기도 긍정적으로 바라볼 수 있게 되었고, 내 삶에 의미가 있듯이 내 소설에도 의미가 있을지 모른다고 믿게 되었다. 이 책에 실린 소설은 이런 과정을 통해 탄생했다. 내게 있어 소설 쓰기란 자기 확신의 과정과 별반 다를 바 없다.

소설 「하얀 까마귀」의 출발점도 여기서부터였다. "내가 좋아하는 소재(몰락한 인기 BJ, 게임 방송, VR 공포 게임 등)를 내가 좋아하는 방식(SF 공포, 스릴러 영화)으로 엮어 내가 전하고 싶은 주제를 써보자." 비록 독자들이 예상 가능한 방식과 반전일지라도 나만의 변주가 가능할지도 모른다는 가능성이 보였기에 시도한 소설이었다. 끝없는 불안과 싸워나가며 3개월 만에 완성된 소설은 내게 작가라는 길을 열어주었다. 물론 데뷔작답게 서툴고 단점도 많은 소설이지만, 입상이나 데뷔, 드라마화와는 관계없이 내게 소설 쓰기에 대한 방법을 알려줬다는 점에서 큰 의미가 있는 작품이다.

「하얀 까마귀」―원제 「코로니스를 구해줘」―가 단행본의 형태로 세상 밖에 나올 수 있게 된 건 허블(동아시아) 출판사와 MBC의 〈SF8〉 프로젝트 덕분이다. 2019년도 여름 허블 편집부로부터 원작을 드라마에 사용하고 싶다는 제의를 들었을 때까지만 해도, 기쁨보다는 이게 정말 가능할까 하는 의구심이

더 컸다. 하지만 기획 단계부터 영상화 단계까지 척박한 환경에서도 애써주신 출판사 관계자분들과 윤영조 PD님, 그리고 부족한 원작을 탄탄한 각본과 뛰어난 영상미로 재탄생시켜주신 장철수 감독님 덕분에 이 단행본도 빛을 볼 수 있게 되었다. 내 능력에 비해 지나치게 큰 행운이 일어난 바람에, 감사하다는 말 외에 더 큰 감사를 표현할 수 없어 아쉬울 뿐이다.

공교롭게도—혹은 다행히도—〈하얀 까마귀〉 촬영이 끝난 2월 말 이후 코로나 지역 감염이 시작되었다. 장철수 감독님의 선견지명 덕분에 드라마 제작에는 영향이 거의 없었다는 PD님의 말씀을 듣고 나는 고개를 끄덕였다. 나로 말할 것 같으면 장철수 감독님의 〈김복남 살인사건의 전말〉을 인생 영화로 삼고 있는 오래된 팬이다. 그렇게 동경하던 영화감독님이 내 소설을 각색해서 드라마로 만들어주신다는데, 팬의 입장에서 가타부타 말을 덧붙일 이유가 없었다. 요즘 말로 '성공한 덕후'가 된 기쁨은, 코로나 위기가 한창이던 2~3월까지의 불안감을 이기게 해준 원동력이었다.

작가의 말을 쓰고 있는 현재 시점(7월 3주)에 〈SF8〉 드라마가 웨이브에 선공개되었다. 지인들의 축하 인사와 리뷰가 전해져 오는 가운데 정작 나는 예고편밖에 보지 못했다. 그 이유는 방영일에 가족들과 TV 앞에 앉아 드라마를 시청하고 싶은 원작자로서의 소망이 절반, 원작이 어떻게 각색되었을까 상상해보는 시청자로서의 소망 절반 때문이다. 여기까지 올 수 있는 기회를 주신 허블 편집부 식구들과 영상화의 기회를 주신 MBC 드라마국에 감사의 말을 전하고 싶다. 어린 시절부터 지금까지 내가 작가가 될 거라 믿고 기다려주신 부모님과 가족들, 친구들, 그리고 사랑하는 남편에게도.

2020년 7월
박지안

**수록작품 발표 지면**

「하얀 까마귀」(원제: 코로니스를 구해줘) : 제1회 한국과학문학상
우수상 수상작, 『제1회 한국과학문학상 수상작품집』(허블, 2017.)